文春文庫

裏切り

新・秋山久蔵御用控（三）

藤井邦夫

文藝春秋

目次

おもな登場人物

秋山久蔵　南町奉行所吟味方与力。〝剃刀久蔵〟と称され、悪人たちに恐れられている。心形刀流の遣い手。普段は温和な人物だが、悪党に対しては情け無用の冷酷さを秘めている。

神崎和馬　南町奉行所定町廻り同心。久蔵の部下。

香織　久蔵の後添え。亡き先妻・雪乃の腹違いの妹。

大助　久蔵の嫡男。元服前で学問所に通う。

小春　久蔵の長女。

与平　親の代からの秋山家の奉公人。女房のお福を亡くし、いまは隠居。

太市　秋山家の奉公人。おふみを嫁にもらう。

おふみ　秋山家の女中。ある事件に巻き込まれた後、九年前から秋山家に奉公するようになる。

幸吉　〝柳橋の親分〟と呼ばれた弥平次の跡を継ぎ、久蔵から手札をもらう岡っ引。

お糸　隠居した弥平次の養女で、幸吉を婿に迎えて船宿『笹舟』の女将となった。息子は平次。
弥平次　女房のおまきとともに、向島の隠居家に暮らす。
勇次　元船頭の下っ引。
雲海坊　幸吉の古くからの朋輩で、手先として働く托鉢坊主。ほかの仲間に、しゃぼん玉売りの由松、蕎麦職人見習いの清吉、風車売りの新八がいる。
長八　弥平次のかつての手先。いまは蕎麦屋『藪十』を営む。

裏切り

新・秋山久蔵御用控（三）

この作品は「文春文庫」のために書き下ろされたものです。

第一話

紅葉散る

一

色鮮やかな紅葉《もみじ》が舞い散る季節……。

神田川沿いの柳原通り《やなぎわらどお》りは、柳並木の枝が月明かりを受けて揺れていた。

八ッ小路から来た中年の武士は、神田川に架かっている和泉橋《いずみばし》を渡ろうとした。

刹那《せつな》、和泉橋の袂《たもと》から頭巾を被った着流しの武士が現れ、中年の武士に抜き打ちの一刀を浴びせた。

中年の武士は、左の肩口を斬られながらも辛うじて逃れた。

「お、おのれは……」

中年の武士は狼狽《うろた》え、慌てて刀を抜こうとした。

頭巾を被った着流しの武士は、大きく踏み込んで二の太刀を袈裟《けさ》に斬り下げた。

閃光《せんこう》が走った。

中年の武士は、袈裟懸けに斬られて血を飛ばし、大きく仰《の》け反《ぞ》り斃《たお》れた。

頭巾を被った着流しの武士は、中年の武士の死を見定めて足早に立ち去った。

夜廻りの木戸番の打つ拍子木の音が、蒼白い月の浮かぶ夜空に甲高く響いた。


南町奉行所吟味方与力《ぎんみがたよりき》の秋山久蔵《あきやまきゅうぞう》は、下男の太市《たいち》を従えて出仕した。

太市は、南町奉行所の用部屋に落ち着いた久蔵の身の廻りの世話をし、八丁堀岡崎町の屋敷に戻った。

久蔵は、三廻り同心たちの前日の報告書に眼を通し始めた。

「おはようございます……」

定町廻《じょうまちまわ》り同心の神崎和馬《かんざきかずま》がやって来た。

「おう。どうした……」

久蔵は、報告書を閉じて振り返った。

「はい。昨夜遅く、神田川に架かる和泉橋の南詰で武士が斬り殺されました」

和馬は告げた。

「和泉橋の南詰とは、柳原通りだな……」

「はい。傷は左の肩口と胸を左から右の袈裟懸けの一太刀……」

「袈裟懸けの一太刀か。それなりの遣い手の仕業だな」

久蔵は読んだ。

「おそらく……」

「して、斬られた武士の身許は……」

「そいつが御徒町《おかちまち》に住む吉崎市之助《よしざきいちのすけ》と云う徒目付《かちめつけ》でしてね」

「徒目付……」

久蔵は眉をひそめた。

「はい」

「その徒目付の吉崎市之助を斬ったのは、辻強盗か……」

「いえ。財布や金目の物は残されており、物盗りとは思えません」

和馬は読んだ。

「となると遺恨か……」

「おそらく……」

「で、吉崎を斬った者は……」

「夜廻りの木戸番が、立ち去って行く着流しの侍を見掛けていました」

「着流しの侍か……」

「はい。それで徒目付組頭が吉崎市之助の死体を引取り、探索は目付が行なうと……」

徒目付は、旗本御家人の監察を役目とする目付の配下であり、警戒護衛し、探索などに従事していた。

「ま、仏さんが御家人となると、町奉行所の支配違い。手を引いても良いのですが、斬った着流しの侍が浪人ならそうもいきません」

和馬は、久蔵を見詰めた。

浪人は町奉行所の支配であり、下手人なら生かして捕えるのが務めだ。

「面白そうだな……」

「はい……」

和馬は頷《うなず》いた。

「ま、好きにやるのも良いが、柳橋《やなぎばし》の皆に怪我のないようにな」

久蔵は苦笑した。

「心得ております。では……」

和馬は嬉しげな笑みを浮かべ、久蔵に頭を下げて用部屋から出て行った。

「徒目付の吉崎市之助か……」

徒目付は、旗本御家人相手の探索をしている。

斬殺《ざんさつ》された理由は、その辺に拘《かかわ》りがあるかもしれない……。

久蔵は、小さな笑みを浮かべた。

中庭には木洩れ日が薄く揺れていた。


紅葉は神田川から大川に流れ去った。

船宿『笹舟《ささぶね》』は、神田川に架かる柳橋の北詰にあり、両国広小路に続く南詰には蕎麦屋《そばや》『藪十《やぶじゅう》』があった。

蕎麦屋『藪十』の主は、先代の柳橋の親分弥平次《やへいじ》の手先を務めた長八《ちょうはち》であり、清吉《せいきち》が蕎麦職人見習をしていた。

「邪魔する……」

蕎麦屋『藪十』の暖簾《のれん》を潜《くぐ》り、和馬が入って来た。

「こりゃあ和馬の旦那、いらっしゃい……」

長八は、和馬を迎えた。

「やあ。長さん、変わりはないかい……」

「お陰さまで。今、美味《うま》い茶を淹《い》れますぜ」

「そいつはありがたい。清吉はいるかな」

「はい。清吉、和馬の旦那だ……」

長八は、板場に声を掛けた。

「こりゃあ、神崎の旦那……」

蕎麦を打っていたのか、清吉が前掛を粉で汚して現れた。

「清吉、すまないが俺が藪十に来たと、柳橋の親分に報せて来てくれ」

「合点です」

清吉は、駆け出して行った。

「どうぞ……」

長八は、湯気の漂う茶を和馬に差し出した。

「戴くよ」

和馬は茶を飲んだ。

長八は、楽しそうに和馬の反応を待った。

「美味いな……」

和馬は感心した。

「でしょう……」

長八は、嬉しげに笑った。

「お邪魔しますぜ。長さん……」

岡っ引の柳橋の幸吉《こうきち》が、托鉢坊主《たくはつぼうず》の雲海坊《うんかいぼう》としゃぼん玉売りの由松《よしまつ》を伴って来た。

「おう。和馬の旦那がお待ち兼ねだよ」

長八は告げた。

「呼び立ててすまないな」

「いいえ……」

「ま、座ってくれ。長さん、酒を頼む」

和馬は注文した。

「承知。何だか昔を思い出すねえ。秋山さまに弥平次の親分、それに鋳掛屋《いかけや》の寅《とら》さん。みんなでいろんな悪党を泣かせて来たもんだ」

長八は、昔を懐かしみながら清吉と板場に入って行った。

「老け込んだな、長さん……」

和馬は、長八を見送った。

「ええ……」

幸吉は頷いた。

「和馬の旦那、老け込んだのは長さんだけじゃありませんよ」

雲海坊は、白髪の混じった頭を撫でて眼尻の皺《しわ》を増やした。

「あっしたちも老けましたか……」

由松は笑った。

「ああ……」

雲海坊は頷いた。

「ま、違いないな……」

和馬は苦笑した。

「で、和馬の旦那、秋山さまは何と……」

幸吉は、厳しさを滲《にじ》ませた。

「うむ。皆に怪我のないようにとな……」

和馬は告げた。

「じゃあ……」

幸吉は身を乗り出した。

「ああ。吉崎市之助を斬った着流しが浪人なら町奉行所の支配だ。徒目付に任せてはおけぬ……」

和馬は頷いた。

「分かりました。じゃあ、先ずは殺された徒目付の吉崎市之助の人柄と身辺、役目で何の探索をしていたか……」

幸吉は、探索する事柄をあげた。

「それに、誰かに殺したい程、恨まれちゃあいなかったかだ……」

和馬は、探索する事を足した。

「ええ。雲海坊、由松、相手は徒目付だ。分かっているな」

「ああ。無理はしないさ。なあ、由松……」

「ええ……」

雲海坊と由松は頷いた。

「よし。じゃあ、心して掛かってくれ」

和馬は微笑《ほほえ》んだ。

秋の庭には鹿威《ししおど》しの音が響いた。

久蔵は、出された茶を飲みながら屋敷の主の榊原蔵人《さかきばらくらんど》が来るのを待った。

「お待たせ致しました」

目付の榊原蔵人が、若々しい顔に微笑みを浮かべてやって来た。

蔵人は、久蔵と昵懇《じっこん》の間柄だった父の采女正《うねめのしょう》の跡を継いで目付になって日が浅かった。

「いえ。急な訪問、お許し下さい」

久蔵は詫びた。

「とんでもないことです。して秋山どの、お見えになった御用とは、殺された徒目付の吉崎市之助の件ですか……」

榊原蔵人は読んだ。

「ええ。うちの者が吉崎殺しの一件から手を引けと、徒目付組頭に云われましてね」

「そうですか……」

「その徒目付組頭、何方《どなた》か分かりますか……」

徒目付組頭は四人いる。

序《つい》でに云えば、榊原蔵人たち目付は十六人おり、徒目付は五十六人、小人目付は百二十八人いた。

「はい。おそらく村上辰之進《むらかみたつのしん》でしょう」

「村上辰之進……」

「はい。吉崎は村上辰之進の組下として働いていましたので……」

「ほう。して、今はどのような探索をしていたのですかな」

久蔵は訊いた。

「村上辰之進は、塚原主膳《つかはらしゆぜん》どのの采配の許におり、仔細は存じませんが、旗本御家人の行状を検《あらた》め、探索をしているものかと……」

「ほう。塚原さまの……」

久蔵は眉をひそめた。

塚原主膳は、十六人いる目付の中でも古参の切れ者だった。

「ええ。村上辰之進と組下の吉崎市之助たちは、先月も強請集《ゆすりたか》りなどの悪行を働く御家人共を摘発しましてね。それなりの働きはしているのですが……」

蔵人は眉をひそめた。

「何か……」

「旗本御家人の秘密や弱味を握っては、金を脅し取っているとの噂も……」

蔵人は、厳しい面持ちで告げた。

「ほう。そのような噂があるのですか……」

久蔵は、その眼を僅《わず》かに輝かせた。

「はい。噂は噂に過ぎませぬが、火のない処に煙りは立ちません……」

蔵人は、久蔵を見詰めた。

「ならば榊原さまは、此度《こたび》の吉崎市之助斬殺、噂が拘りあると……」

久蔵は読んだ。

「はい……」

蔵人は頷いた。

「分かりました」

久蔵は微笑んだ。

鹿威しの音が軽やかに響いた。

不忍池《しのばずのいけ》から続く忍川《しのぶがわ》は、下谷御徒町の組屋敷街を西から東に流れていた。

徒目付の吉崎市之助の屋敷は、御徒町を流れる忍川の近くにあった。

吉崎市之助の組屋敷は、木戸門を閉めて喪に服していた。

吉崎家は、殺された主の市之助の他に妻の佳奈《かな》と隠居の老父の市兵衛《いちべえ》の三人家族だった。

和馬と幸吉は、喪に服している吉崎屋敷を窺った。

弔問客は滅多に訪れなかった。

「静かなものですね」

幸吉は、左右に組屋敷の続く通りを眺めた。

通りに行き交う人はいなかった。

「幸吉……」

和馬は、幸吉に吉崎屋敷の斜向《はすむか》いの路地を示した。

斜向いの路地には、塗笠に軽衫袴《かるさんばかま》の侍が佇《たたず》んでいた。

「徒目付ですか……」

幸吉は眉をひそめた。

「おそらくな……」

和馬は頷いた。

「吉崎市之助さまを斬り殺した者が来るとでも思っているのですかね」

幸吉は読んだ。

「そいつはどうか分からないが、吉崎屋敷を見張っているのは間違いない」

和馬は、路地に佇む塗笠に軽衫袴の侍を見詰めた。

「和馬の旦那……」

幸吉は、忍川沿いの小道から来た黒紋付羽織に袴を穿いた若い侍を示した。

和馬と幸吉は、物陰に潜んで見守った。

若い侍は、吉崎屋敷の前に立ち止まって辺りを見廻した。

斜向いの路地にいた塗笠に軽衫袴の侍が素早く身を退《ひ》いた。

若い侍は苦笑し、木戸門を押し開けて吉崎屋敷に入って行った。

「何者ですかね……」

幸吉は眉をひそめた。

「徒目付じゃあないのは確かだな」

和馬は、斜向いの路地に身を退いた塗笠に軽衫袴の侍を示した。

「ええ。仏さんが連《つる》んでいた仲間にしては若いですね」

幸吉は首を捻《ひね》った。

「ああ。親類の者かもしれないな……」

和馬は読んだ。


「吉崎さまの御屋敷ですか……」

吉崎家に出入りしている米屋の手代は、微かな笑みを浮かべた。

「ああ。どんな様子かな」

由松は尋ねた。

「そりゃあ、吉崎さまと御新造さま、それに御隠居さまの三人家族ですから、静かで落ち着いた感じですよ」

吉崎家に子供はいなかった。

「夫婦仲はどんな風に見えたかな……」

「旦那さまは余りお見掛けしませんでしたので良く分かりませんが、御新造さまと御隠居さまは、割と仲が良いようにお見受けしましたよ」

米屋の手代は告げた。

「へえ。御新造さまと御隠居さんは割と仲が良いのか……」

由松は、微かな違和感を覚えた。

白髪頭の隠居は、小さな稲荷《いなり》堂の前で幼子を遊ばせていた。

雲海坊は、吉崎市之助を知っているかそれとなく隠居に尋ねた。

「ああ。吉崎市兵衛の倅《せがれ》の市之助なら知っているが、御坊は……」

隠居は、胡散臭《うさんくさ》げに雲海坊を見た。

「ちょいと弔いの手伝いに来たのですが、何だか妙な感じがしましてな」

雲海坊は、戸惑いを浮かべてみせた。

「そうか……」

隠居は、何かを知っているらしく尤《もっと》もらしい顔で頷いた。

「ええ。仏さまは病でお亡くなりになったと聞きましたが、違うのですか……」

雲海坊は、話を訊き出す為に惚《とぼ》けた。

「うむ。実はな、吉崎市之助は、何者かに斬り殺されたのだ」

隠居は、秘密めかして告げた。

「斬り殺された……」

雲海坊は驚き、大袈裟に怯《おび》えてみせた。

「うむ……」

隠居は、雲海坊の反応に満足したように頷いた。

「斬り殺されたとは、誰かに恨まれていたのですかね」

「うむ。徒目付と云う役目が役目だから、恨みを買う事もあるだろうが……」

隠居は、白髪眉を歪《ゆが》めた。

「何か……」

雲海坊は、大袈裟に身を乗り出して隠居の次ぎの言葉を待った。

「吉崎市之助は、小才のある抜け目のない奴でな。役目で知った他人の秘密を何に使おうとしていたのやら……」

隠居は、吉崎市之助に潜んでいる裏の顔を匂わせた。

「そのような人だったのですか仏さまは……」

「ああ。余り良い噂のある奴ではなかったし、いろいろ恨みも買っていたんだろうな。うん」

隠居は、尤もらしい顔で己の話に頷いた。

「そうなんですか……」

雲海坊は、大袈裟に感心してみせた。

下谷『光久寺』の墓地には、住職の読む経が響いていた。

吉崎市之助の真新しい墓には、線香の煙りが揺れていた。

三十歳前後の喪服の女と黒紋付羽織に袴の若い侍、それに三人の羽織袴の武士たちが手を合わせていた。

吉崎市之助の父親の隠居は、逆縁になるので埋葬には来ていなかった。

やがて住職の経も済み、吉崎市之助の埋葬は終わった。

住職と三人の羽織袴の武士たちは、喪服の女に挨拶をして立ち去って行った。

喪服の女と黒紋付羽織に袴の若い侍が残った。

和馬と幸吉は、連なる墓石の陰から見守っていた。

「御同役が三人とは、余り人望はなかったようだな」

和馬は、吉崎市之助の人柄を読んだ。

「ええ。御新造の佳奈さまと、若い侍はやっぱり親類のようですね」

幸吉は、吉崎市之助の墓の前に佇んでいる喪服の女と黒紋付羽織に袴の若い侍を示した。

「うむ。どう云う親類なのかな」

和馬は、若い侍を見詰めた。

佳奈と若い侍は、吉崎市之助の墓の前から立ち去った。

「御新造さん、それ程、哀しんでいるようには見えませんね」

幸吉は眉をひそめた。

「ああ……」

和馬と幸吉は、見届けていた。

佳奈が立ち去る時、吉崎市之助の新しい墓を一瞥《いちべつ》もしなかったのを……。

二

東叡山寛永寺《とうえいざんかんえいじ》山内の屏風坂《びょうぶざか》門の前の通りは、下谷広小路から入谷《いりや》や千住《せんじゅ》に続いている。

下谷『光久寺』を出た佳奈と黒紋付羽織に袴の若い侍は、屏風坂門の前の通りにやって来た。

和馬と幸吉は尾行《つけ》た。

佳奈と若い侍は、屏風坂門の前で短く言葉を交わして左右に別れた。

佳奈は御徒町に向かい、若い侍は入谷に進んだ。
「じゃあ、あっしが若い侍を……」
「うむ。俺は佳奈を追う」
幸吉と和馬は別れ、若い侍と佳奈をそれぞれ尾行た。
入谷鬼子母神《きしもじん》の境内では、子供たちが賑やかに遊んでいた。
若い侍は、佳奈と別れて入谷の町に入った。
幸吉は、慎重に尾行した。
若い侍は鬼子母神の前を通り、横手にある古い長屋の奥の家に入った。
幸吉は見届けた。
古い長屋の木戸の傍には、黄色く色付いた銀杏《いちょう》の木があった。
中年のおかみさんが、古い長屋の手前の家から手桶《ておけ》を持って出て来た。
此奴《こいつ》は良い……。
幸吉は、中年のおかみさんが井戸で手桶に水を汲んで家に戻るのを待った。
中年のおかみさんは、水を汲み終えて家に戻って来た。

幸吉は、中年のおかみさんを呼び止めた。

中年のおかみさんは、戸惑った面持ちで幸吉を見詰めた。

「おかみさん、ちょいと訊きたい事があるんだがね」

幸吉は、素早く小粒を握らせた。

「あら、ま……」

中年のおかみさんは、思わず笑みを浮かべた。

「奥の家の若いお侍、何て名前かな……」

幸吉は、中年のおかみさんに考える暇を与えなかった。

「えっ。奥の家のお侍……」

中年のおかみさんは、思わず奥の家を見た。

「ええ……」

「ああ。奥の家のお侍は、真山京一郎《まやまきょういちろう》さんって方ですよ」

中年のおかみさんは、小粒を握り締めた。

「真山京一郎……」

幸吉は知った。

「ええ……」

「真山京一郎さん、一人暮らしかな……」

「ええ。昔はおっ母さんと姉さんの三人で暮らしていたんですがね」

中年のおかみさんは、懐かしげに告げた。

「姉さん、名前は何て仰《おつしや》るんですかい……」

幸吉は訊いた。

「佳奈ちゃんですよ」

親類の若い侍は真山京一郎と云う名であり、殺された吉崎市之助の妻の佳奈の弟だった。

幸吉は知った。

「おっ母さんが病で亡くなり、佳奈ちゃんはお嫁に行き、今じゃあ京一郎さんが一人暮らしですよ」

中年のおかみさんは、真山京一郎が一人で暮らしている奥の家を眺めた。

京一郎は、姉の夫である吉崎市之助の弔いに義理の弟として参列したのだ。

幸吉は見定めた。

黄色く色付いた銀杏の木は、微風に梢を鳴らした。

吉崎佳奈は、夫の市之助の弔いを終えて御徒町の組屋敷に戻った。

和馬は見届けた。

斜向いの路地には、塗笠に軽衫袴の武士が見張り続けていた。

佳奈を追わずに吉崎屋敷に残ったのは、埋葬に行かなかった父親の市兵衛を見張っているからなのか……。

和馬は読んだ。

「和馬の旦那……」

雲海坊と由松が、和馬の背後に現れた。

「おう……」

「埋葬、変わった事もなく、無事に終わりましたか……」

「ああ。柳橋は、親類と思われる若い侍を追い、身許を見定めに行ったよ」

和馬は告げた。

「和馬の旦那、あいつは……」

由松は、塗笠に軽衫袴の武士を示した。

「殺された吉崎市之助の仲間だ」

「じゃあ、徒目付ですか……」

「ああ。吉崎屋敷に不審な者が訪れないか見張っているのだろう。それで何か分かったかい……」

「ええ……」

雲海坊と由松は、それぞれが聞き込んで来た事を和馬に告げた。

「そうか。吉崎市之助、小才のある抜け目のない奴で、評判は良くないか……」

和馬は眉をひそめた。

「ええ。裏で何をしていたのやら……」

雲海坊は苦笑した。

「うむ……」

和馬は頷いた。

「で、御新造の佳奈は、隠居の市兵衛と仲が良いか……」

和馬は、由松に訊いた。

「はい。嫁と舅《しゅうと》、仲が良くて何よりですよ」

由松は笑った。

「何かありそうか……」

和馬は、由松の笑いを気にした。

「いえ。仲の良い嫁と舅ってのが、ちょいと気になりましてね」

由松は眉をひそめた。

「そうか。何れにしろ、暫《しばら》く様子を見守るしかあるまい」

和馬は告げた。

「はい……」

雲海坊と由松は頷いた。

「それから、徒目付が何を狙って吉崎屋敷を見張っているのか……」

和馬は、塗笠に軽衫袴の徒目付を厳しい面持ちで見据えた。

陽は西に傾き、銀杏の木の影が長く伸びた。

銀杏長屋の奥の家の腰高障子が開いた。

幸吉は、銀杏の木の陰に隠れた。

着流し姿の真山京一郎が現れ、銀杏長屋から出て行った。

幸吉は、銀杏の木の陰から出て京一郎を追った。

京一郎は、鬼子母神の前を通って下谷に向かった。

幸吉は追った。

下谷広小路は賑わっていた。

京一郎は、下谷広小路の人込みを抜けて明神下の通りに進んだ。

幸吉は、慎重に尾行た。

京一郎は、明神下の通りから神田明神門前町の盛り場に入った。

盛り場には既に暖簾を出している飲み屋があり、早くも酔客が彷徨《うろつ》いていた。

京一郎は、暖簾を揺らしている小さな飲み屋に入った。

幸吉は見届けた。

小さな飲み屋の屋号は『福乃家《ふくのや》』……。

幸吉は見定め、どのような店なのか聞き込みを始めた。


夕暮れ時。

御徒町の吉崎屋敷から、羽織袴姿の年寄りが佳奈に見送られて出て来た。

和馬、雲海坊、由松は見守った。

「斬り殺された吉崎市之助の父親、隠居の市兵衛だな」

和馬は読んだ。

「きっと……」

雲海坊は頷いた。

市兵衛は、佳奈に見送られて忍川沿いの小道を下谷広小路に向かった。

佳奈は見送り、屋敷に戻った。

塗笠に軽衫袴の武士は、斜向いの路地を出て市兵衛を追った。

「和馬の旦那……」

由松は眉をひそめた。

「ああ、雲海坊、佳奈を頼む……」

「承知……」

雲海坊は頷いた。

「由松……」

和馬は、由松を伴って市兵衛を尾行る塗笠に軽衫袴の武士を追った。

雲海坊は、佳奈の残った吉崎屋敷を眺めた。

吉崎屋敷は夕陽に照らされていた。

不忍池は青黒さに覆われ、塒《ねぐら》に帰る鳥の鳴き声が響いていた。

吉崎市兵衛は、下谷広小路を仁王門前町に進んだ。

塗笠に軽衫袴の武士は尾行た。

和馬と由松は続いた。

市兵衛は、仁王門前町にある料理屋『笹乃井《ささのい》』の暖簾を潜った。

塗笠に軽衫袴の武士は、暗がりに佇んで見送った。

「隠居、笹乃井で誰かと逢うんですかね」

「おそらくな……」

「そいつは誰なんでしょうね」

「うむ。隠居が羽織袴で来たんだ。身分が上の者と見て良いだろう」

和馬は読んだ。

「身分が上の者ですか……」

「うむ……」

料理屋『笹乃井』から老下足番が現れ、店先の掃除を始めた。

「ちょいと探りを入れてみますか……」

「ああ……」

由松は、掃除をする老下足番に駆け寄って行った。

「じゃあ……」

「羽織袴の御武家の御隠居……」

下足番の老爺《ろうや》は、白髪眉をひそめた。

「ああ。今、入ったばかりのお客だが、誰と逢っているのかな……」

「さあ。手前は良く存じませんが……」

老下足番は、困惑を浮かべた。

「邪魔するぞ」

羽織袴の武士が入って来た。

「いらっしゃいませ」

老下足番は迎えた。

「旗本塚原主膳さまがお越しだが、吉崎市兵衛どのはお出でか……」

「は、はい……」

老下足番は頷いた。

「そうか……」

羽織袴の武士は出て行った。

「女将《おかみ》さん、塚原さまがお見えにございます」

老下足番は、料理屋『笹乃井』の戸口に走り、店に報せた。

由松は、木戸門の陰に隠れた。

女将や仲居たちが迎えに出て来た。

羽織袴の武士が、頭巾を被った初老の武士と二人の供侍を伴って来た。

「これはこれは塚原さま、おいでなさいませ」

女将、仲居たち、老下足番は、塚原と呼んだ頭巾を被った初老の武士と三人の供侍を迎えた。

「うむ……」

「お連れさまがお待ちにございますよ」

女将は、頭巾を被った塚原と三人の供侍を奥に誘《いざな》って行った。

仲居たちと老下足番が続いた。

吉崎家の隠居の市兵衛が、料理屋『笹乃井』で逢う相手は塚原主膳と称する初老の武士だった。

由松は、料理屋『笹乃井』の木戸門を足早に出た。

「塚原主膳……」

和馬は眉をひそめた。

「御存知ですか……」

由松は尋ねた。

「ああ。名前だけは聞いている」

「何様ですか……」

「目付だ……」

「じゃあ、斬り殺された吉崎市之助さんの上役ですか……」

「ああ。吉崎家の隠居の市兵衛、目付の塚原主膳に逢うか……」

何故か……。

和馬は、市兵衛が市之助の上役である塚原主膳に逢う理由を思案した。

半刻が過ぎた。

羽織袴の武士たちが、料理屋『笹乃井』の木戸門から出て来た。

「和馬の旦那、塚原主膳のお供です」

由松は、料理屋『笹乃井』を示した。

頭巾を被った塚原主膳が、女将や仲居たちに見送られて木戸門から出て来た。

和馬と由松は見守った。

塚原は、三人の供侍を従えて下谷広小路に向かった。

塗笠に軽衫袴の武士が暗がりから現れ、供侍を従えて行く塚原主膳を追って合流した。

「追ってみます」

由松は告げた。

「頼む……」

和馬は頷いた。

由松は、塚原たちと塗笠に軽衫袴の武士を追った。

和馬は見送り、吉崎市兵衛が出て来るのを待った。

僅かな刻が過ぎ、料理屋『笹乃井』から吉崎市兵衛が女将に見送られて出て来た。

「お気を付けて……」

「うむ。女将、お陰で上首尾に終わった……」

「そりゃあ、ようございました」
女将は微笑んだ。
「うむ。世話になった。ではな……」
市兵衛は、上機嫌で女将に礼を述べて御徒町に向かった。
組屋敷に帰る……。
和馬は市兵衛の動きを読み、料理屋『笹乃井』に向かった。
神田川の流れに月影は揺れた。
塚原主膳と三人の供侍、塗笠に軽衫袴の武士は、神田川に架かる昌平橋を渡った。
由松は、追って渡った。
昌平橋を渡った塚原たちは、神田川沿いの道を直ぐ西に曲がって淡路坂に進んだ。
由松は、暗がり伝いに尾行た。
淡路坂は北に神田川が流れ、南には旗本屋敷が連なっていた。

塚原主膳一行は、淡路坂を進んだ。

供侍の一人が先触れに走った。

先触れを受けた旗本屋敷は、表門脇の潜り戸を開けて番士や中間《ちゅうげん》が出迎えに現れた。

塚原主膳一行は、潜り戸から旗本屋敷に入った。

由松は見届けた。

目付の塚原主膳の屋敷……。

由松は、辺りを見廻した。

塚原屋敷の斜向いには、太田姫稲荷の幟旗《のぼりばた》が夜風に吹かれていた。

「で、女将、吉崎市兵衛さんは目付の塚原主膳さまと何用で逢ったのかな」

和馬は、料理屋『笹乃井』の女将に尋ねた。

「跡継ぎのお話でしたよ……」

女将は眉をひそめた。

「跡継ぎ……」

和馬は、吉崎市之助と佳奈夫婦に子がいないのに気付き、眉をひそめた。

「ええ。倅の死は役目によるものだから、家督を親類の者に継がせてくれと、御隠居さまが塚原さまにお願いしていましたよ」

女将は囁《ささや》いた。

和馬は、隠居の市兵衛が女将に上首尾に終わったと礼を述べたのを思い出した。

上首尾……。

吉崎市兵衛は、倅の市之助の死を役目によるものと公儀に届けた。そして、市之助の上役である目付の塚原主膳に認めて貰ったのだ。

「で、吉崎市之助は殉職となり、親類の者による家督相続が認められるのか……」

和馬は読んだ。

「きっと……」

女将は頷いた。

「処で家督を継ぐ親類の者とは……」

その時、和馬は黒紋付羽織に袴の若い武士を思い出した。

「さあ。そんな処まで存じませんよ」

女将は、迷惑そうに眉をひそめた。

潮時だ……。

和馬は苦笑した。

船宿『笹舟』は、軒行燈《のきあんどん》を消して暖簾を仕舞った。

和馬、幸吉、雲海坊、由松は、『笹舟』で落ち合い酒を飲みながら摑んだ事を報せ合った。

「それで、佳奈は動かず、訪れる者もいなく、隠居が帰って来ましたよ」

雲海坊は蕎麦を啜《すす》った。

「そうか。で、由松は……」

幸吉は、酒を飲んでいる由松に尋ねた。

「吉崎屋敷を見張っていた塗笠に軽衫袴の侍ですが、塚原主膳と一緒に淡路坂を上がった処にある塚原屋敷に入りましてね。どうやら、塚原主膳の配下ですね」

「塚原の配下が何故、吉崎の屋敷を見張っていたのかだな……」

和馬は眉をひそめた。

「ええ……」

「ひょっとしたら、目付の塚原主膳と徒目付の吉崎市之助は一緒に悪事を働いていて、吉崎が殺された事により、そいつが露見するのを恐れているのかもしれぬな」

和馬は読んだ。

「見張ってみますか塚原屋敷……」

由松は、身を乗り出した。

「うむ……」

和馬は頷いた。

「それで、親類の黒紋付羽織に袴の若い武士ですがね。真山京一郎と云って佳奈さまの弟でしたよ」

幸吉は報せた。

「佳奈の弟の真山京一郎……」

和馬は眉をひそめた。

「ええ……」

「そうか。佳奈の弟か……」

和馬は苦笑した。

「真山京一郎、どうかしましたか……」

「ああ。どうやら、子のいない吉崎家の家督は、その真山京一郎が継ぐようだ」

和馬は告げた。

「へえ。真山京一郎が吉崎家を……」

幸吉は驚いた。

「ああ。して真山京一郎、どんな奴だ……」

和馬は、厳しさを過《よ》ぎらせた。

行燈の火は瞬いた。

三

南町奉行所の庭に落葉が舞った。

「秋山さま……」

久蔵の用部屋に当番同心がやって来た。

「何だ……」

久蔵は、筆を動かしながら尋ねた。

「只今、御目付の榊原蔵人さまがお見えにございます」

「榊原さまが……」

「はい……」

「座敷にお通し致せ」

久蔵は命じた。

座敷には微風が吹き抜けていた。

「お待たせ致しました」

久蔵は、座敷で待っていた目付の榊原蔵人に挨拶をした。

「いえ。忙しそうですね。町奉行所は……」

蔵人は微笑んだ。

「ええ。江戸の町は既に八百八町を越え、増え続けていますので、何かと……」

久蔵は苦笑した。

「そうですか。して、今日訪れたのは他でもありません。吉崎市之助の件でして

……」

蔵人は、厳しさを滲ませた。

「何か……」

「はい。今日、目付の塚原主膳どのから、配下の徒目付吉崎市之助は御役目中の殉職であり、親類の者が吉崎家の家督を継ぐのを許したいとの申し出がありましてね」

「ほう……」

久蔵は、吉崎市之助に子がいなかったのを知った。

「私はどのような御役目の途中だったのか訊いたのですが、塚原どのは言葉を濁し、目付たちの殆《ほとん》どが頷きましてね。それで……」

蔵人は、悔しさを過ぎらせた。

「そうですか。して、吉崎家の家督を継ぐ親類の者とは誰ですか……」

「妻の佳奈の弟の真山京一郎なる者です」

「妻の弟の真山京一郎……」

「ええ……」

蔵人は頷いた。

「その真山京一郎、どのような者ですか……」

「既に亡くなっている父親は浪人でしてね。母親も亡くし、姉の佳奈と弟の京一郎の二人だけの姉弟です」

「成る程。浪人の倅が御家人の家を継ぎますか……」

「ま、良くある事だとは思いますが、私はどうにも腑に落ちませんでしてね」

蔵人は眉をひそめた。

「分かりました。その真山京一郎、ちょいと調べてみましょう」

久蔵は約束した。


淡路坂には枯葉が吹かれ、太田姫稲荷の赤い幟旗ははためいていた。

目付の塚原主膳の屋敷は表門を閉め、家来や中間たちは潜り戸から出入りしていた。

和馬と由松は、太田姫稲荷の境内から塚原屋敷を見張り始めた。

「和馬の旦那……」

由松は、塚原屋敷の潜り戸から出て来た塗笠に軽衫袴の武士を示した。

「昨日の奴だな……」

塗笠に軽衫袴の武士は、御徒町の吉崎屋敷を見張っていた男だった。

「ええ……」

由松は、身体付きと身のこなしから見定めて頷いた。

塗笠に軽衫袴の武士は、足早に淡路坂に向った。

「よし。追ってみよう」

和馬と由松は、塗笠に軽衫袴の武士を追った。


入谷の銀杏長屋には、鬼子母神で遊ぶ子供たちの声が響いていた。

奥の家の腰高障子が開き、真山京一郎が出て来た。

幸吉は、銀杏の木の陰から見守った。

京一郎は、銀杏長屋を出て鬼子母神に進んだ。

幸吉は、尾行を開始した。

京一郎は、鬼子母神の前を抜けて下谷に向かった。

昨日、訪れた神田明神門前の飲み屋『福乃家』に行くには早過ぎる。

幸吉は読んだ。

飲み屋『福乃家』は主で板前の父親が十八歳の娘と営んでおり、職人の親方やお店の隠居などが馴染《なじみ》の真っ当な店だった。

京一郎は、十八歳の娘が目当てで通っているようだった。

京一郎は、寛永寺山内屏風坂門前を通って山下に進み、御徒町に向かった。

吉崎屋敷に行くのか……。

幸吉は追った。

御徒町の組屋敷街には、物売りの声が響いていた。

雲海坊は、忍川に架かっている小橋の袂で経を読みながら吉崎屋敷を見張っていた。

吉崎屋敷は木戸門を閉め、隠居の市兵衛と後家になった佳奈は屋敷に閉じ籠っていた。そして、塗笠に軽衫袴の武士が見張りに現れる事もなかった。

雲海坊は、小橋の袂で退屈凌《しの》ぎの経を読み続けた。

山下から若い侍がやって来た。

真山京一郎だ……。

雲海坊は、饅頭笠《まんじゆうがさ》を目深《まぶか》に被って見守った。

京一郎は、雲海坊の前を通って忍川に架かっている小橋を渡った。そして、吉崎屋敷の木戸門を潜った。

雲海坊は見届けた。

「雲海坊……」

幸吉が京一郎を追って来た。

「親分。京一郎、吉崎屋敷に入ったよ」

「うん。で、吉崎家の隠居や後家さんに妙な処はないか……」

「今の処はね。塗笠に軽衫袴の野郎も現れちゃあいない……」

「そうか……」

幸吉と雲海坊は、真山京一郎が入った吉崎屋敷を見張った。


本郷通りを北に進み、四丁目の北ノ天神真光寺門前町に曲がって進むと御弓町《おゆみちょう》の旗本屋敷が連なっている。

塗笠を被り軽衫袴の武士は、一軒の旗本屋敷の前に佇んだ。

和馬と由松は、物陰から見張った。

旗本屋敷の陰から職人と行商人の二人の男が現れ、塗笠に軽衫袴の武士の許に駆け寄った。そして、何事か言葉を交わし始めた。

「和馬の旦那……」

由松は緊張した。

「うむ。徒目付はあの屋敷の者を見張り、何事かを探索しているようだな」

和馬は読んだ。

「旦那、ひょっとしたら斬り殺された吉崎市之助さんも……」

由松は眉をひそめた。

「あの屋敷の者を探っていたか……」

「ええ。それで襲われた……」

由松は読んだ。

「よし。あの旗本屋敷について聞き込んで来てくれ。俺は奴らを見張っている」

「承知……」

由松は頷き、聞き込みに走った。

和馬は物陰に潜み、塗笠に軽衫袴の武士たちを見守った。

塗笠に軽衫袴の武士たちは、旗本屋敷の周囲に散って見張りの態勢に入った。

和馬は見守った。


由松は、徒目付たちが見張っている旗本屋敷の裏の通りに廻った。

真裏の旗本屋敷では、下男が門前の掃除をしていた。

「ちょいとお尋ねしますが、真裏の御屋敷は神崎和馬さまの御屋敷にございますか……」

由松は尋ねた。

「いいえ。真裏の御屋敷は黒木忠太夫《くろきちゅうだゆう》さまの御屋敷ですよ」

下男は、戸惑いを浮かべた。

「えっ。黒木忠太夫さま、神崎さまの御屋敷ではないのですか……」

「ええ……」

「じゃあ、この辺に神崎さまの御屋敷は……」

「ありませんよ」

下男は、気の毒そうに告げた。

「そうですか。お忙しい処、御造作をお掛けしました……」

由松は、肩を落として本郷通りに向かった。

旗本の黒木忠太夫……。

由松は、徒目付の見張る旗本屋敷の主の名を知った。

本郷四丁目の通りには、多くの人が行き交っていた。

由松は、通りに面した酒屋を窺った。

酒屋の横手では、注文された酒の配達を終えた手代が大八車から空き樽《だる》などを下ろしていた。

「やあ……」

由松は、笑顔で近付いた。

「は、はい……」

手代は、由松に怪訝《けげん》な眼を向けた。

「ちょいと尋ねるが、此方のお店は御弓町の黒木忠太夫さまの御屋敷に出入りをしているのかな」

「は、はい……」

手代は、躊躇《ためら》いがちに頷いた。

「そうか……」

由松は、手代に小粒を握らせた。

「えっ……」

手代は戸惑った。

「ちょいと訊きたい事があってね……」

由松は、手代に親しげに笑い掛けた。

塗笠に軽衫袴の徒目付たちは、旗本屋敷の見張りを続けていた。

和馬は見守った。

「和馬の旦那……」

由松が戻って来た。

「分かったか……」

「はい。表右筆《おもてゆうひつ》組頭の黒木忠太夫さまの屋敷でしたぜ」

「表右筆組頭の黒木忠太夫さま……」

和馬は眉をひそめた。

表右筆組頭は、三百石取りで四人いる。黒木忠太夫はその一人だった。

「ええ……」

「で、黒木家には目付に眼を付けられる事があるのか……」

和馬は尋ねた。

「新之助《しんのすけ》って二十歳過ぎの若さまの出来がかなり悪いとか、その辺ですかね」

由松は苦笑した。

「ほう。出来の悪い若さまか……」

「ええ。出入りの米屋や酒屋、油屋などの者たちも知っている程の悪ですよ」

「ならば、由松の睨み通りだろうな……」

目付は、表右筆組頭黒木忠太夫の倅新之助の悪行の証を摑もうとしているのだ。新之助の悪行の証を摑み、黒木家を取り潰そうとしているのか。金を脅し取ろうとしているのか……。

目付の狙いはどちらなのか……。

斬り殺された徒目付の吉崎市之助は、何をしようとしていたのか……。

何れにしろ、黒木家は窮地に追い込まれた。そして、悪行の証を摑んだ吉崎市之助を和泉橋の袂で斬り殺したのかもしれない。

和馬は読んだ。

「和馬の旦那……」

由松は、黒木屋敷の裏手に続く路地を示した。

着流しの若い武士が路地から現れ、足早に本郷の通りに向かった。

職人と行商人が現れ、着流しの若い武士を追った。

塗笠に軽衫袴の武士が続いた。

「奴が出来の悪い若さまの新之助だな……」

「きっと……」

和馬と由松は、着流しの若い武士が黒木新之助だと見定め、徒目付たちに続いた。

陽は西に傾き始めた。

幸吉と雲海坊は、御徒町の吉崎屋敷を見張り続けた。

隠居の市兵衛と後家の佳奈、そして真山京一郎は屋敷から出て来る事はなかった。

「動かないな……」

幸吉は、微かな苛立ちを滲ませた。

「ああ。主を亡くしたばかりの家族だ。余り出たり入ったり出来ないさ」

雲海坊は笑った。

「雲海坊……」

幸吉は、組屋敷街を来る塗笠に着流しの武士に眉をひそめた。

「あれ……」

雲海坊は、やって来る塗笠に着流しの武士の身のこなしに見覚えがあった。

「秋山さまかな……」

幸吉と雲海坊は、怪訝な面持ちで塗笠に着流しの武士を持った。

「おう……」

着流しの武士は、塗笠を上げて顔を見せた。

秋山久蔵だった。

「これは秋山さま……」

「うむ。幸吉、雲海坊、真山京一郎の住まいは何処だ」

「入谷鬼子母神横の銀杏長屋ですが、真山京一郎、此の吉崎屋敷に来ています」

幸吉は、吉崎屋敷を示した。

「そいつは良かった……」

久蔵は笑った。


夕暮れ時が訪れた。

吉崎屋敷の木戸門が開いた。

久蔵、幸吉、雲海坊は、物陰に隠れた。

真山京一郎が佳奈に見送られて出て来た。

「ああ……」

「いいですね、京一郎どの。喪が明ける迄は大人しくしているのですよ」

佳奈は、京一郎に云い聞かせた。

「分かっています。それより、姉上も気を付けて……」

京一郎は苦笑し、忍川に架かっている小橋に向かった。

佳奈は見送り、屋敷に戻った。

「秋山さま……」

幸吉は、指示を仰いだ。

「追うよ」

久蔵は、京一郎を尾行た。

「お供します。雲海坊、此処を頼む」

「承知……」

雲海坊は頷いた。

久蔵と幸吉は、京一郎を追った。

下谷広小路には、家路を急ぐ人々が行き交っていた。

真山京一郎は、入谷の銀杏長屋に帰らず下谷広小路に向かった。そして、湯島天神裏門坂道に進み、湯島天神男坂を上がった。

久蔵と幸吉は追った。

真山京一郎は、湯島天神の裏から境内を抜け、大鳥居を潜って門前町に出た。

久蔵と幸吉は尾行た。

湯島天神門前町の盛り場は、既に賑わいを見せていた。

京一郎は、一軒の居酒屋の暖簾を潜った。

久蔵と幸吉は見届けた。

「どうします」

「酒を飲みに来ただけなのか……」

久蔵は読んだ。

「でしたら、神田明神の門前にある福乃家って飲み屋が馴染ですから、そっちに行くと思いますが……」

「じゃあ、誰かと逢うつもりかな」

「きっと……」

幸吉は頷いた。

「よし。ならば一杯やるか……」

久蔵は、幸吉を伴って居酒屋の暖簾を潜った。

「いらっしゃい……」

久蔵と幸吉は、若い衆に迎えられて戸口近くに座り、酒を注文した。

真山京一郎は、派手な半纏《はんてん》を着た男と酒を飲んでいた。

久蔵と幸吉は、京一郎を窺いながら酒を飲んだ。

「博奕《ばくち》打ちか遊び人って処ですかね」

幸吉は、派手な半纏を着た男の素性を読んだ。

「ああ……」

久蔵は頷いた。

京一郎と派手な半纏を着た男は、薄笑いを浮かべながら言葉を交わし、酒を飲んでいた。

僅かな刻が過ぎ、居酒屋は賑わった。

着流しの若い武士が、京一郎の隣に座った。

「こいつは新之助さま……」

派手な半纏を着た男は笑った。

「銀次《ぎんじ》、酒を頼んで来い」

新之助は、派手な半纏を着た銀次に命じた。

「へい。只今……」

銀次は、身軽に座を立って行った。

「弔いは終わったのか、京一郎……」

新之助は囁いた。

「ああ。無事にな……」

京一郎は笑った。

「そいつは祝着《しゅうちゃく》……」

新之助は、狡猾《こうかつ》な笑みを浮かべた。

「それより、徒目付が見張っている筈だ。大丈夫か……」

京一郎は、辺りを見廻した。

「心配は要らぬ……」

新之助は、嘲《あざけ》りを浮かべた。

二人は囁き合った。

「さあ、熱いのを持って来ましたぜ」

銀次が、湯気を纏《まと》わり付けた二本の徳利を持って来た。

「新之助と銀次ですか……」

「うむ……」

久蔵と幸吉は、着流しの若い武士と派手な半纏の男の名前を聞いた。しかし、京一郎と新之助の小声の話までは聞こえなかった。

「新之助、何者ですかね」

幸吉は首を捻った。

「旗本の倅のようだな」

久蔵は読んだ。

「秋山さま、親分……」

久蔵と幸吉の処に由松がやって来た。

「おう。由松じゃあないか……」

幸吉は眉をひそめた。

「和馬の旦那と野郎を追っていましてね」

由松は、新之助を示した。

「何者だ……」

「はい。野郎、表右筆組頭の黒木忠太夫さまの倅の黒木新之助です」

由松は、新之助の素性と名を告げた。

「黒木新之助か……」

「はい。で、徒目付が見張っていましてね」

由松は、片隅で酒を飲んでいる職人と行商人を示した。

「徒目付……」

久蔵は眉をひそめた。

居酒屋は賑わった。

四

居酒屋の暖簾は、夜風に揺れていた。

久蔵は、居酒屋を出て斜向いの路地を一瞥した。

塗笠に軽衫袴の武士が、暗がりに素早く身を退いた。

黒木新之助を追う徒目付の一人……。

久蔵は睨《にら》み、居酒屋の前を離れた。

真山京一郎は、表右筆組頭の黒木忠太夫の倅の新之助と知り合いだった。そして、黒木新之助は徒目付が眼を付ける程の悪行を働いている。

「秋山さま……」

和馬は、脱いだ黒紋付羽織を手にして背後から並んだ。

「うむ。幸吉と真山京一郎を見張っていたら、由松が黒木新之助を追って来た」

「じゃあ、黒木新之助と真山京一郎……」

和馬は眉をひそめた。

「ああ。連んでいるようだ」

久蔵は、居酒屋の表が見通せる処にある夜鳴蕎麦屋に入った。

和馬は続いた。

久蔵と和馬は、夜鳴蕎麦屋の亭主に酒と蕎麦を頼んだ。

「吉崎市之助の父親の市兵衛は、目付の塚原主膳に佳奈の弟の真山京一郎を養子に迎え、吉崎家の家督を継がせたいと願い出た」

久蔵は教えた。

「真山京一郎に……」

和馬は、戸惑いを浮かべた。

「ああ。遅い養子願いだが、殺された吉崎市之助は役目での殉職。塚原主膳は以前から出されていた養子願いだとして、聞き届けたそうだ」

「では、浪人の真山京一郎は、吉崎家の家督を継いで御家人に……」

「うむ。此度の吉崎市之助斬殺、得をするのは真山京一郎……」

久蔵は、酒を飲んだ。

「秋山さま、もし吉崎市之助が黒木新之助の悪行の証を摑んだので斬殺され、一件が有耶無耶《うやむや》になれば、得をするのは……」

和馬は眉をひそめた。

「黒木新之助も同じ……」

久蔵は読んだ。

「ええ……」

和馬は頷いた。

「真山京一郎と黒木新之助か……」

久蔵は、居酒屋の揺れる暖簾を眺めた。

徒目付の吉崎市之助を斬ったのは、京一郎と新之助のどちらかなのだ。

久蔵は、厳しさを滲ませた。

湯島天神門前町の盛り場には、酔客と酌婦《しやくふ》の笑い声が響いた。


下谷御徒町は月明かりを浴びていた。

吉崎屋敷は静寂に包まれていた。

雲海坊は木戸門に寄り、屋敷内の様子を窺っていた。

吉崎屋敷の庭先から物音が聞こえた。

雲海坊は、木戸門から吉崎屋敷に忍び込んで庭先に向かった。

雲海坊は、庭の植込みの陰に潜んで屋敷を窺った。

佳奈が雨戸を閉めていた。

寝る仕度……。

雲海坊は見守った。

雨戸を閉めている佳奈の背後に、人影が現れた。

隠居の市兵衛か……。

雲海坊は、人影を見定めようとした。

人影は佳奈を背後から抱き、その胸元に手を入れて撫で廻した。

佳奈は、艶《つや》っぽい含み笑いを洩らし、雨戸を閉めた。

何だ……。

雲海坊は呆然《ぼうぜん》とした。

人影が、隠居の市兵衛だと見定める事は出来なかった。だが、吉崎屋敷に誰かが訪れている事実はなく、いるのが隠居の市兵衛と佳奈だけなのは、見張り続けている雲海坊が一番良く知っている。

佳奈を抱いた人影は、隠居の市兵衛しかいない……。

そして、佳奈は艶っぽく笑い、嫌がっている様子は窺われなかった。

舅の市兵衛と嫁の佳奈は、不義を働いていたのだ。

雲海坊は見定めた。

不義は、吉崎市之助が殺されてからか、それとも生きている時からなのか……。

雲海坊は読んだ。

雨戸の向こうの座敷からは、市兵衛と佳奈の息遣いが微かに洩れて来た。

東叡山寛永寺の鐘が亥《い》の刻四つ（午後十時）を報せた。

町木戸の閉まる刻限だ。

湯島天神門前町の盛り場の飲み屋は暖簾を仕舞い、酔客たちは帰り始めた。

真山京一郎と黒木新之助は、盛り場の入口で別れた。

京一郎は下谷広小路に、新之助は本郷御弓町にそれぞれ向かった。

徒目付たちは、新之助を追った。

和馬と由松は、成行きを見届ける為に続いた。

久蔵と幸吉は、京一郎を尾行た。

月番の南町奉行所は、朝早くから公事《くじ》訴訟で訪れた者で賑わっていた。

和馬は、用部屋の久蔵を訪れて昨夜の顚末《てんまつ》を報せた。

「そうか。黒木新之助、何事もなく御弓町の屋敷に帰ったか……」

「はい。徒目付も新之助の悪行の確かな証拠、未だ摑んでいないようです」

「うむ。そいつは殺された吉崎市之助が摑んでいたのだろう」

久蔵は睨んだ。

「それで、斬り殺されましたか……」

和馬は読んだ。

「いや。そうとは限らない……」

「ですが、徒目付たちはそう睨んでいる」

「ああ。そう考えるのが、一番辻褄《つじつま》が合うからな。だが、何故かしっくりしない
……」

久蔵は、首を捻った。

「真山京一郎ですか……」

和馬は眉をひそめた。

「うむ。如何に殺された吉崎市之助の妻の弟とは云え、隠居の市兵衛が良く養子にして家督を継がせると思ってな」

「ええ。家督を継がせるのに丁度良い親類の者、他にいなかったんですかね」

和馬は首を捻った。

「秋山さま……」

庭先に小者がやって来た。

「おう、どうした」

「只今、柳橋の幸吉親分がお見えです」

小者は報せた。

「柳橋が……」

「はい」

「通してくれ」

「心得ました」

小者が退き下がり、幸吉が交代するかのように現れた。

「どうした……」

久蔵は、濡縁《ぬれえん》に出た。

和馬が続いた。

「雲海坊が面白い事を摑みましたよ」

幸吉は、厳しい面持ちで告げた。

「雲海坊となると、吉崎屋敷か……」

「はい……」

「して、面白い事とは……」

「吉崎家の隠居の市兵衛と佳奈、不義を働いているそうです」

幸吉は告げた。

「舅と死んだ倅の嫁が……」

和馬は驚いた。

「ええ……」

「柳橋の、間違いはないのだな……」

久蔵は念を押した。

「はい。雲海坊が見定めたそうです」

幸吉は頷いた。

「それで、隠居の市兵衛、佳奈の弟の京一郎を養子にし、吉崎家の家督を継がせる気になったか……」

久蔵は読んだ。

「佳奈の差し金ですかね」

幸吉は睨んだ。

「ああ、おそらく色仕掛けのな……」

久蔵は苦笑した。

真山京一郎は、姉の佳奈が舅の市兵衛と不義密通を働いているのを知り、義兄の吉崎市之助を斬殺した。そして、己を吉崎家の養子にして家督を継がせるよう、佳奈を通じて市兵衛に働き掛けたのだ。

佳奈と不義を働いている市兵衛には、断る理由も術《すべ》もなかった。

「ですが秋山さま、その読みに確かな証はありませんが……」

和馬は、厳しい面持ちで告げた。

「よし。京一郎が義兄の吉崎市之助を斬った証、突き止めてやろうじゃあないか……」

久蔵は、不敵に云い放った。

入谷鬼子母神の境内に人影はなかった。

銀杏長屋には、赤ん坊の泣き声が響いていた。

幸吉は銀杏の木の陰に潜み、真山京一郎の住む奥の家を見張った。

刻が過ぎた。

奥の家の腰高障子が開き、黒紋付羽織に袴姿の京一郎が出て来た。

京一郎は、黒紋付羽織の裾を翻して鬼子母神に向かった。

幸吉は追った。
真山京一郎は、鬼子母神に差し掛かった。
鬼子母神の境内から、塗笠を被った着流しの武士が現われて佇んだ。
「何だ……」
京一郎は、怪訝な面持ちで立ち止まった。
塗笠に着流しの武士は、京一郎に向かって歩き出した。
殺気……。
京一郎は、向かって来る塗笠に着流しの武士に殺気を感じ、刀の鯉口《こいぐち》を切った。
塗笠に着流しの武士は、構わずに京一郎にゆっくりと近付いた。
京一郎は身構えた。
塗笠に着流しの武士は、音もなく見切りの内に入った。
刹那、京一郎は袈裟懸けの一刀を放った。
閃光が走った。
塗笠に着流しの武士は、地を蹴って大きく跳んで躱《かわ》した。
京一郎は、微かに狼狽えた。

着流しの武士は塗笠を取った。

秋山久蔵だった。

「袈裟懸けの一刀。やはり、徒目付の吉崎市之助を斬った太刀筋と同じだな」

久蔵は、京一郎に笑い掛けた。

「だ、黙れ……」

京一郎は、激しく狼狽えながら久蔵に斬り付けた。

久蔵は跳び退いた。

「図星だな……」

久蔵は見定めた。

徒目付の吉崎市之助を斬ったのは真山京一郎なのだ。

「おのれ……」

京一郎は、焦りを浮かべた。

「真山京一郎、義理の兄を斬って養子に入り込み、姉の嫁ぎ先の家を乗っ取るか……」

久蔵は告げた。

「煩《うるさ》い……」

京一郎は、猛然と久蔵に斬り掛かった。

久蔵は、跳び退いて躱し続けた。

京一郎は、嵩《かさ》に懸かって斬り付け、刀を上段に構えた。

次の瞬間、久蔵は跳び退かずに踏み込んで抜き打ちの一刀を放った。

刃の咬《か》み合う音が甲高く響き、京一郎の刀が空高く飛んだ。

京一郎は怯《ひる》み、慌てて脇差を抜こうとした。

「動くな……」

久蔵は、京一郎の鼻先に刀を突き付けた。

京一郎は凍て付いた。

「動けば斬る……」

久蔵は、冷笑を浮かべた。

和馬と幸吉が現れた。

「お、おぬし……」

京一郎は、久蔵が町奉行所の者だと知った。

「私は南町奉行所の秋山久蔵だ……」

「あ、秋山さま。私は徒目付の吉崎家の……」

「家督を継ぐ手筈《てはず》かもしれぬが、今は未だ一介の浪人、真山京一郎だ」

久蔵は遮った。

「そ、そんな……」

京一郎は、呆然とした面持ちで項垂《うなだ》れた。

「真山京一郎、徒目付吉崎市之助を殺した罪でお縄にするぜ」

久蔵は、京一郎を厳しく見据えた。


御徒町組屋敷街には、物売りの声が長閑《のどか》に響いていた。

雲海坊は、吉崎屋敷を見張っていた。

吉崎屋敷から佳奈が現れ、心配げな面持ちで忍川に架かっている小橋の方を眺めた。

誰かが来るのを待っているのか……。

雲海坊は見守った。

方角から見て、佳奈は入谷に住む京一郎の来るのを待っている。だが、京一郎は約束の刻限になっても来ないのだ。

雲海坊は読んだ。

「佳奈、佳奈は何処だ……」
隠居の市兵衛の苛立った声が、屋敷内から聞こえた。
佳奈は、眉をひそめて屋敷に戻って行った。
刻は過ぎた。
京一郎はやって来なかった。
佳奈が再び屋敷から現れ、忍川に架かっている小橋に足早に向かった。
京一郎の住む入谷の銀杏長屋に行くのか……。
雲海坊は尾行た。

佳奈は、忍川に架かっている小橋に差し掛かった。
塗笠に着流しの久蔵が、小橋の向こうからやって来た。
秋山さま……。
雲海坊は、久蔵に気が付いて饅頭笠を上げてみた。
久蔵と佳奈は、小橋で擦《す》れ違った。
「吉崎佳奈だね」
久蔵は囁いた。

佳奈は足を止め、怪訝に振り返った。

「あ、貴方さまは……」

佳奈は、久蔵に警戒の眼差しを向けた。

「南町奉行所の秋山久蔵だ」

久蔵は笑い掛けた。

「秋山久蔵さまが、私に何か……」

佳奈は、久蔵の笑みの不気味さを懸命に堪《こら》えた。

「弟の真山京一郎は、義兄の吉崎市之助を殺した罪でお縄にしたよ」

久蔵は告げた。

「えっ……」

佳奈は驚き、久蔵を見詰めた。

「吉崎市之助を斬り棄て、吉崎家の養子となって家督を継ぐ企《たく》み、京一郎一人で企《くわだ》てた事なのかな……」

久蔵は、佳奈を見据えた。

何もかも知られている……。

佳奈は、覚悟を決めた。

「いいえ。あの子、京一郎に企てられる事じゃありませんよ」

「ならば……」

久蔵は眉をひそめた。

「私です。何もかも私が企てたのですよ」

佳奈は、艶然《えんぜん》と笑った。

「何もかも……」

久蔵は聞き返した。

「ええ。吉崎市之助に嫁いだのも、舅の市兵衛に抱かれたのも、みんな私が自分で決めた事……」

佳奈は、忍川の煌《きら》めく流れを眩《まぶ》しげに見詰めた。

久蔵は、佳奈の覚悟を感じた。

「それにしても何故、夫の市之助を殺す気になったのだ」

「秋山さま、夫の市之助は徒目付の御役目を利用し、他人の秘密を探り出しては、お金を脅し取る悪事を働いていたのです」

「やはりな……」

「ですが、いつかは露見して市之助は仕置され、吉崎家は取り潰される。ならば

「先手を打ったか……」

「はい……」

佳奈は、躊躇いなく潔《いさぎよ》く頷いた。

「そして、弟の京一郎に吉崎家の家督を継がせようと企てたか……」

久蔵は読んだ。

「はい。浪人の貧しさや惨めさ。それに行く末に何の望みもない辛《つら》さに較べれば、僅かな扶持米《ふちまい》と先に望みがあるだけでも恵まれている。私は京一郎に吉崎家の家督を継がせ、残る生涯を安穏と暮らしたかった……」

佳奈は、忍川の流れを眺めた。

色鮮やかな紅葉が一枚、忍川を流れて行った。

佳奈は微笑んだ。

その微笑みには清絶な美しさがあった。

悔いはない……。

久蔵は、佳奈の胸の内を知った。

表右筆組頭の黒木忠太夫の倅新之助は、見張り続けた徒目付たちに悪行の確かな証を摑まれた。

目付の塚原主膳は、黒木忠太夫と倅の新之助を評定に掛けた。

評定所は黒木忠太夫と新之助に切腹を命じ、黒木家を取り潰した。

久蔵は、真山京一郎を吉崎市之助殺しとして死罪に処した。

御家人吉崎家の嫁である佳奈は、町奉行所の支配下にはない。

久蔵は、佳奈が夫の吉崎市之助殺しを企てたと目付に報せなかった。

評定所は、家督相続者のいなくなった吉崎家を容赦なく取り潰した。

隠居の市兵衛は切腹し、嫁の佳奈は何処へともなく立ち去った。

秋風が吹き抜け、落葉は舞い散った。

舞い散る落葉には紅葉もあった。

久蔵は、佳奈の清絶な微笑みを思い浮かべた。

今年の秋は紅葉を見る度に佳奈を思い出すだろう……。

久蔵は苦笑した。

第二話

裏切り

一

不忍池は鈍色《にびいろ》に輝き、畔《ほとり》には落葉が重なっていた。

昼下りの不忍池の畔に人影は少なかった。

南町奉行所吟味方与力の秋山久蔵は、谷中《やなか》の寺での知り合いの法事に出た。そして、法事を終えた帰り道、太市を従えて不忍池の畔を下谷広小路に向かっていた。

行く手の料理屋の木戸内から、男の怒声があがった。

久蔵と太市は、思わず足を止めた。

二人の若い衆が怒声をあげ、職人姿の男を料理屋の木戸内から引き摺《ず》り出して来て突き飛ばした。

職人姿の男は、前のめりに倒れ込んで落葉を舞い上げた。

料理屋の木戸から旦那が出て来た。

「良吉《りようきち》、何度も云っているだろう。おさよは十日も前に姿を消して、それっきりなんだよ。それなのに毎日毎日、店を窺い、店の前を彷徨かれると、商売の邪魔なんだよ」

旦那は、職人姿の男に苛立たしげに云い聞かせた。

「だ、旦那さま、おさよは、おさよは……」

良吉と呼ばれた職人姿の男は、思い詰めた面持ちで旦那に縋《すが》った。

「良吉、私の話を聞いていなかったのかい」

旦那は怒りを露わにし、縋り付く良吉を乱暴に振り払った。

良吉は、無様に倒れた。

「本当にしつこい野郎なんだよ」

二人の若い衆は、腹立たしげに良吉を蹴飛ばした。

良吉は、頭を抱えて転げ廻った。

「旦那さま……」

太市は眉をひそめた。

「うむ……」

久蔵は、料理屋の前に進んだ。

太市も続いた。

「よし。それ迄だ……」

久蔵は、良吉を痛め付けている二人の若い衆に声を掛けた。

「邪魔しないでおくんなさい、御武家さま」

若い衆の一人が、尚も良吉を蹴り飛ばそうとした。

刹那、久蔵は良吉を蹴り飛ばそうとした若い衆を扇子で打ち据えた。

若い衆は、短い悲鳴をあげて蹲《うずくま》った。

「仔細は知らぬが、もう勘弁してやれと申しているのだ」

久蔵は厳しく告げた。

「お、御武家さま、此にはいろいろ訳がございまして……」

旦那は狼狽えた。

「うむ。だが、殴る蹴るはもう良いだろう」

「は、はい。畏《おそ》れ入ります」

旦那は恐縮した。

「ならば、此の者は私が預かる」

久蔵は告げた。

「あ、あの、手前は此の料理屋若菜《わかな》の主の万吉《まんきち》と申しますが、御武家さまは……」

料理屋『若菜』の主の万吉と名乗った旦那は、恐る恐る久蔵に尋ねた。

「私か、私は南町奉行所の秋山久蔵と云う者だ」

久蔵は名乗った。

「み、南の御番所の秋山久蔵さま……」

万吉と若い衆たちは、久蔵の名を知っていたらしく驚いた。

「うむ……」

久蔵は苦笑した。

「これは知らぬ事とは申せ、御無礼致しました。秋山さま、御造作をお掛け致したお詫びにお茶でも如何でしょうか……」

万吉は、慌てて詫びた。

「うむ……」

久蔵は、良吉を窺った。

良吉は、口元に血を滲ませ、薄汚れた顔で息を荒く鳴らしていた。

「よし。太市……」

「はい……」

「良吉を医者に連れて行き、家に送ってやるが良い」

久蔵は、太市に良吉を一瞥して見せた。

「心得ました……」

太市は頷いた。

久蔵は、良吉の素性や人柄、住まいと事情を探れと秘かに命じたのだ。

「おう。立てるか……」

太市は、良吉を助け起こして土埃《つちぼこり》を叩き落としてやった。

「すみません……」

良吉は詫びた。

「じゃあ、旦那さま……」

太市は、久蔵に会釈をした。

「うむ……」

久蔵は頷いた。

太市は、良吉を労《いたわ》りながら連れて行った。

「では、秋山さま……」

万吉は、久蔵を料理屋『若菜』に誘った。

「うむ……」

久蔵は、良吉がおさよと云う女を捜して料理屋『若菜』に来た理由が知りたかった。

庭には落葉が舞っていた。

万吉は、久蔵の猪口《ちょこ》に酒を満たした。

「戴く……」

久蔵は酒を飲んだ。

「まったく、お恥ずかしい処をお見せ致しました」

万吉は、恐縮しながら徳利を差し出した。

「いや。それより何の騒ぎだったんだ。知っている事を話して貰おうか……」

久蔵は、空になった猪口を伏せ、膝を崩した。

「は、はい。良吉はおさよと申すうちで住込みの仲居をしていた女と夫婦約束をした大工でして……」

万吉は、徳利を置いて話し始めた。

「大工か……」

大工の良吉……。

久蔵は、良吉の仕事を知った。

「はい。それで十日程前ですか、おさよが不意に姿を消しましてね」

万吉は、吐息混じりに告げた。

「不意に姿を消しただと……」

久蔵は眉をひそめた。

「はい……」

「おさよ、歳は幾つだ」

「確か二十七歳だったと思います」

「二十七か。で、夫婦約束をしていた大工の良吉が捜しているか……」

「はい。それで良吉、うちが仲居のおさよを何処かに隠していると……」

万吉は、困惑を浮かべた。

「隠している……」

「はい。そう思い込んでいましてね。困ったものです」

「良吉は何故、そう思っていんだい」

「それが、まったく分からないのです……」

「分からねえか……」

「はい……」

「ならば、おさよに何か姿を隠さなければならない事情はあったのかな」

「さあ、おさよは気立ての良い、真面目な働き者でして。姿を隠さなければならないような事があるとは……」

万吉は首を捻った。

「思ってもいなかったか……」

「はい……」

「じゃあ、おさよの荷物は……」

「元々大した荷物はなかったのですが、姿を消したので調べてみたら、何も残されてはいなかったのです」

「何も……」

「はい。着物は勿論、手拭や鼻紙まで、何もかもでしてね。荷物を入れてあった戸棚も綺麗に掃除がされ、まるでその塵《ちり》まで持っていったかのように綺麗さっぱり……」

万吉は眉をひそめた。

「塵まで綺麗さっぱりか……」

久蔵は、その眼を鋭く輝かせた。

良吉は、大した怪我をしていなかった。

太市は、怪我の手当てを終えた良吉を連れて元黒門町《もとくろもんちょう》の蕎麦屋の暖簾を潜った。

「大した怪我じゃあなくて何よりだったな。ま、蕎麦でも食べて一息ついてくれ」

「は、はい……」

太市と良吉は、蕎麦を頼んだ。

「で、良吉さん、職人のようだが……」

「大工です」

「へえ、大工か。何処で修業したんだい」

「神田の大宗《だいそう》の棟梁《とうりょう》の処で……」

その大工『大宗』は、名人と呼ばれる棟梁の宗平《そうへい》が率いる江戸で名高い組だ。

神田の大工『大宗』で修業した大工となると、腕は良いと云えるだろう。

太市は、良吉が真っ当な大工だと知った。

「で、いなくなったおさよってのは……」

「あっしと夫婦約束をした若菜の住込みの仲居です」

「夫婦約束をした若菜の住込みの仲居……」

太市は眉をひそめた。

「はい……」

「そのおさよが不意にいなくなっちまったのかい……」

「はい。きっと若菜で何かあって、旦那たちがおさよをどうにかしちまったんです」

良吉は訴えた。

「どうにかしちまったって……」

太市は戸惑った。

「若菜か何処かに閉じ込めているんです」

良吉は、怒りを滲ませた。

「閉じ込めたって。どうして……」

太市は戸惑った。

「ですから、若菜で何かあって、おさよがそれを見て……」

「じゃあ、若菜が見られては拙《まず》い悪事にでも絡んでいるってのかい……」

「きっと……」

良吉は頷いた。

「じゃあ、悪事ってのはなんだい……」

「さあ、そこ迄は……」

「悪事が何か、はっきりしないのか……」

「ええ……」

良吉は項垂れた。

「それで、若菜の前を彷徨き、窺っていたのか……」

「はい。若菜の旦那は知っているのに知らない振りをしているんです。だから、あっしが邪魔で殴ったり蹴ったりしたんです。うん」

良吉は昂ぶり、自分の言葉に頷いた。

「そうか……」

太市は、良吉が思い込みの激しい一途《いちず》な人柄だと知った。

「おまちどおさま……」

亭主が蕎麦を運んで来た。

「さあ、食べな……」

「は、はい……」

太市と良吉は、蕎麦を食べ始めた。


神田花房町のお稲荷長屋は、古い小さな稲荷堂の隣にあった。

良吉は、お稲荷長屋の木戸近くの家で暮らしていた。

太市は、良吉に暫く大人しくしているように告げ、八丁堀岡崎町の秋山屋敷に急いだ。

陽は大きく西に傾き、夕暮れ時が近付いていた。


八丁堀岡崎町の秋山屋敷は、夕暮れに覆われた。

潜り戸が開き、下男の与平《よへい》が提灯《ちょうちん》を手にして出て来た。

与平は表門前に佇み、往来に提灯を翳《かざ》して眺めた。

男が、足早にやって来るのが見えた。

与平は、足取りから男が太市だと気が付き、老顔を安堵《あんど》で崩した。

「やあ。与平さんじゃありませんか、どうしました」

「待っていたんだよ。お前を……」

「そいつは、心配を掛けたようですね」

「いや。俺は別に心配はしてねえが、おふみちゃんがな……」

「そいつは造作を掛けました」

太市は苦笑した。

夜風は晩秋の気配を運んでいた。

久蔵は、太市を呼んだ。

太市は、食事を終えて湯を浴び、さっぱりした様子で久蔵の許にやって来た。

「やあ、今日は御苦労だったな」

久蔵は、太市を労《ねぎら》った。

「いえ……」

「お待たせしました」

香織《かおり》とおふみが、膳と酒を持って来た。

「おう。太市、話は飲みながらだ」

「畏れ入ります」

香織とおふみは、それぞれ自分の夫に酌をして退った。

久蔵と太市は酒を飲み始めた。

「で……」

久蔵は、太市を促した。

「はい……」

太市は、酒を飲み干して猪口を膳に置いた。

「良吉は、神田の大工大宗で修業した大工で腕は確かだと思います。で、人柄ですが、真面目で一途。ちょいと思い込みが激しいって処ですか……」

「思い込みが激しいか……」

久蔵は、手酌で酒を飲んだ。

「はい。で、おさよって夫婦約束をしていた若菜の住込みの仲居が不意に姿を消した。そいつは若菜で何かの悪事を見て、若菜か何処かに閉じ込められているんだと……」

太市は眉をひそめた。

「若菜で何かの悪事を見て、閉じ込められているか……」

久蔵は、料理屋『若菜』にそのような気配は感じなかった。

「はい。で、家は神田花房町のお稲荷長屋で一人暮らしです」

太市は告げ、手酌で酒を飲んだ。

「そうか。おさよが不意に姿を消したってのは、若菜の万吉の話と違いはないが……」

久蔵は眉をひそめた。

「何か……」

「うむ。ちょいと気になる事があってな」

「気になる事ですか……」

「ああ。良吉と夫婦約束をした若菜の仲居のおさよだが、自分の戸棚に入れてあった着物は云うに及ばず、手拭や鼻紙、掃除した塵まで綺麗さっぱり持って消えたようだ」

「塵まで……」

太市は、厳しさを過ぎらせた。

「ああ。どう思う……」

「おさよ、何だか自分がいた痕跡を消そうとしているようですね」

太市は告げた。

「太市もそう思うか……」

「はい。もしそうだとしたら、おさよは自分から不意に消えた……」

太市は読んだ。

「ああ……」

久蔵は頷いた。

「何かありそうですね」

太市は笑った。

「よし。じゃあ、ちょいと料理屋の若菜を見張ってみるか……」

「はい。それからおさよの行方、追ってみますか……」

「だったら太市、良吉のおさよ捜しに付き合ってやるんだな」

「構いませんか……」

太市は、小さな笑みを浮かべた。

「ああ。だが、下手な真似はするなよ。太市に怪我でもされちゃあ、おふみは云うに及ばず、香織や与平、大助《だいすけ》や小春《こはる》にも恨まれる」

久蔵は苦笑した。

「そんな。危ないと思えば、さっさと逃げますよ」

太市は笑った。

「よし、頼んだ」

久蔵と太市は、探索の手筈を話し合いながら手酌で酒を飲んだ。

庭の虫の音も消え、晩秋の夜は深く静かに更けて行く。

久蔵と太市主従は酒を楽しんだ。

翌朝、南町奉行所に出仕した久蔵は、定町廻り同心の神崎和馬を用部屋に呼んだ。

久蔵は、不忍池の畔の料理屋『若菜』での出来事を詳しく話して聞かせた。

「ほう。住込みの仲居が不意に姿を消しましたか……」

和馬は、興味を抱いた。

「うむ。己に拘る物は塵まで持ち出してな」

久蔵は、意味ありげな笑みを浮かべた。

「それはそれは……」

和馬は、久蔵の笑みの裏にあるものに気が付いた。

「そこでだ、和馬。料理屋の若菜の周囲に妙な野郎が現れないか、見張ってくれ」

久蔵は命じた。

「心得ました。で、その不意に姿を消した仲居のおさよと夫婦約束をしていた大工の良吉ってのは……」

「太市が張り付く……」

久蔵は告げた。

「太市が……」

「うむ……」

「分かりました。じゃあ、柳橋の幸吉と相談してみます」

「うむ。大工の良吉は、神田花房町のお稲荷長屋に住んでいる」

「分かりました。では……」

和馬は、久蔵に会釈をして用部屋から出て行った。

久蔵は見送った。


神田川には様々な船が行き交っていた。

神田花房町は、神田川に架かっている筋違御門《すじかい》の北詰にある。

太市は、古い小さな稲荷堂の陰からお稲荷長屋の良吉の家を見張っていた。

お稲荷長屋の井戸端は、おかみさんたちの洗濯も終わって一息ついていた。

木戸の傍の良吉の家は、腰高障子を閉めて静まり返っていた。

太市は、お稲荷長屋の周囲に不審な奴がいないか窺った。

お稲荷長屋の周囲には、不審な奴は一人もいなかった。

良吉の家の腰高障子が音を鳴らした。

太市は、稲荷堂の陰に隠れた。

腰高障子が開き、良吉が窶《やつ》れた面持ちで出て来た。

良吉は、井戸端に人がいないのを見定めて木戸を出て行った。
何処に行く……。
太市は、良吉を追って古い小さな稲荷堂の陰を出た。

二

良吉は、御成街道を下谷広小路に向かった。
太市は追った。
不忍池の畔の料理屋『若菜』に行く……。
太市は睨み、後を追った。

不忍池に秋風が吹き抜け、水面には小波《さざなみ》が走っていた。
料理屋『若菜』の暖簾は揺れていた。
良吉は、木陰から料理屋『若菜』を窺った。
料理屋『若菜』の木戸の奥には、二人の若い衆が下足番を兼ねて辺りを警戒していた。

太市は、良吉を見守った。

良吉は、必死な面持ちで料理屋『若菜』を見詰めていた。

又、騒ぎを起こすかもしれない……。

太市は懸念し、良吉に近付いた。

「やあ……」

太市は、良吉に声を掛けた。

「こりゃあ、太市さん……」

良吉は、戸惑いながらも親しげな笑みを浮かべた。

「今日も来たのか……」

「ええ……」

「良吉、おさよの実家、何処か聞いちゃあいないのか……」

「おさよの実家ですか……」

「うん。実家に帰ったかもしれないだろう」

「太市さん、おさよは相州は小田原の生まれだそうですが、二親はとっくに亡くなり、実家なんかないんですよ」

良吉は、おさよを哀れんだ。

「じゃあ、江戸に兄弟や親類、親しくしている人はいないのかな」

太市は尋ねた。

「兄弟や親類がいるとは聞いちゃあいません」

良吉は淋しげに告げた。

「そうか……」

「ですが、いつだったか、深川は弥勒寺《みろくじ》の傍でばったり逢った事がありましてね」

「深川弥勒寺の傍で……」

太市は眉をひそめた。

「ええ。何でも弥勒寺橋の近くに知り合いがいて、用があって来たと……」

「よし。良吉、弥勒寺橋に行ってみよう」

「た、太市さん……」

良吉は戸惑った。

「おさよ、ひょっとしたら弥勒寺橋の近くの知り合いの処かもしれないぜ」

「知り合いの処……」

「うん。もし、そこにいなくても、知り合いがおさよのいる処を知っているかもしれない。確かめに行っても損はないだろう」

今はどんな些細《ささい》な事でも裏を取る必要がある。

「は、はい……」

良吉は頷いた。

「よし。行くぜ……」

太市は、良吉を伴って不忍池の畔から浅草に向かった。

晩秋の陽差しが不忍池を鈍色に輝かせた。


「和馬の旦那……」

柳橋の幸吉は、不忍池の畔を足早に行く太市と良吉を見送った。

「うん。太市と一緒に行った奴が大工の良吉だな」

「ええ。不意に消えた夫婦約束をしたおさよを捜しに行ったんですかね」

「きっとな。それより、料理屋『若菜』だ……」

和馬は、料理屋『若菜』を眺めた。

料理屋『若菜』は、暖簾を秋風に揺らしていた。

「ええ。見た処、見張っているような野郎はいませんね」

幸吉は、料理屋『若菜』の前を見廻した。

「ああ……」

和馬は頷いた。

勇次《ゆうじ》と新八《しんぱち》が、料理屋『若菜』の裏手から駆け寄って来た。

「どうだ……」

幸吉は迎えた。

「裏に怪しい奴はいませんぜ」

勇次は告げた。

「そうか。こっちもだ……」

「よし。じゃあ柳橋の、若菜を見張るぜ」

和馬は命じた。

「承知……」

和馬、幸吉、勇次、新八は料理屋『若菜』を見張り始めた。

大川に架かっている吾妻橋《あづまばし》は、浅草と本所を結んでいる。

太市と良吉は、吾妻橋を渡って本所に出た。そして、竪川《たてかわ》に向かって南に進んだ。

大川と下総中川を結ぶ本所竪川は、様々な産物を運ぶ荷船が行き交っていた。

太市と良吉は、本所竪川に架かっている二つ目之橋を渡り、尚も進んだ。

やがて、万徳山弥勒寺の大屋根が見えた。

太市と良吉は、弥勒寺の門前を通って深川五間堀に出た。

五間堀は本所竪川と深川小名木川《おなぎがわ》を南北に結ぶ六間堀に繋《つな》がっており、弥勒寺橋が架かっていた。

太市と良吉は、弥勒寺橋の上に佇んで周囲を見廻した。

五間堀の流れは緩やかであり、弥勒寺橋の北には弥勒寺や対馬藩江戸中屋敷があり、南には北森下町が広がっていた。

「で、おさよとは此処で逢ったんだな」

「はい。此の先にあった普請場で仕事を早仕舞いして帰る時、ばったりと……」

良吉は、懐かしそうに眼を細めた。

「その時、おさよはもう若菜の住込みの仲居だったんだね」

「はい。あっしは大宗の棟梁の言付けで、修繕や建増しで若菜に出入りをしていて、おさよの顔は見知っていました」

「で、その時、おさよは知り合いに用があって来たと云ったんだね」

「はい。知り合いの処に用があって行った帰りだと。それで一緒に帰り、若菜に送ってやって……」

「親しくなって付き合うようになり、所帯を持つ約束をしたのかい」

太市は微笑んだ。

「はい……」

良吉は、僅かに頰を赤らめた。

「で、おさよの知り合いってのは、何処の誰か分かるかな」

「さあ、そこまでは……」

良吉は、首を横に振った。

「じゃあ、おさよはどっちから来たんだい」

「それは、六間堀の方から……」

良吉は、西に見える六間堀を示した。

「よし。じゃあ六間堀に行ってみよう」

太市は、五間堀沿いの堀端を六間堀に向かった。

良吉が続いた。

五間堀の堀端には、様々な店が連なっていた。

弥勒寺の参拝客目当ての茶店、蕎麦屋、一膳飯屋、土産物屋、履物屋、小間物屋、袋物屋、船宿……。

そして、連なる店の間には路地があり、数多くの家があった。

おさよの知り合いは、此の一角の何処かにいるのだ。

太市は眺めた。

茶店に客はなく、老亭主が店先の掃除をしていた。

「よし、良吉、一息入れよう」

太市は、良吉を伴って茶店に向かった。

「父っつぁん、茶を二つ……」

太市は、掃除をしていた老亭主に茶を注文し、縁台に腰を下ろした。

良吉は、落ち着かない様子で辺りを眺めていた。

「良吉、ま、腰掛けな」

「はい……」

良吉は、太市の隣に腰掛けた。

「おまちどおさまでした」

老亭主が茶を持って来た。

「さあ、飲みな……」

太市は、良吉に茶を勧めた。

「は、はい。戴きます」

良吉は茶を飲んだ。

「父っつぁん、ちょいとお尋ねしますが、近頃、此の界隈《かいわい》に越して来た二十七、八の女はいませんかね」

「近頃、越して来た二十七、八の女ですかい」

老亭主は白髪眉をひそめた。

「ええ……」

「そうだねえ。近頃、引っ越して来た人はいないねえ」

「じゃあ、界隈のお店に奉公したって二十七、八の女は……」

「さあねえ。小間物屋、袋物屋、履物屋は家族でやっているし、蕎麦屋と一膳飯屋はうちと同じで人を雇える程、儲《もう》かっちゃあいないしねえ」

「じゃあ、奉公人を雇うとしたら土産物屋か船宿ですか……」

太市は読んだ。

「ま、そうだねえ。でも、二十七、八の年増となると初川《はつかわ》かな」

老亭主は首を捻った。

「初川……」

太市は聞き返した。

「ああ。その船宿の初川ですよ」

老亭主は、六間堀近くにある船宿『初川』を眺めた。

「船宿の初川……」

良吉は、船宿『初川』を見詰めた。

船宿『初川』は、五間堀が六間堀に繋がる処にあった。

「行ってみます」

良吉は、茶碗を置いた。

「焦るんじゃない、良吉。未だおさよがいると決まった訳じゃあないんだ」

太市は苦笑し、止めた。

「は、はい……」

良吉は、微かな苛立ちを過ぎらせた。

「それに、もしもおさよがいたとして、下手な真似をしたら危害が及ぶかもしれない」

太市は、眉をひそめて云い聞かせた。

「は、はい……」

良吉は、怯えを滲ませた。

「で、父っつぁん、初川ってのは、どんな船宿なのかな……」

「どんなって。旦那と女将さんがいて、船頭が三人。それに女中が何人かいる。ま、何処にでもある船宿だよ」

「繁盛しているのかな……」

「まあ、それなりにって処だろうねえ」

「そうですか……」

船宿『初川』は、旦那と女将、船頭が三人、それに女中が何人かいる。

何人かいる女中の中には、良吉と夫婦約束をしたおさよがいるのかもしれない。

「太市さん……」

良吉は、これからどうするか太市に目顔で尋ねた。

「うん。先ずは船宿初川をそれとなく覗《のぞ》いてみようか……」

太市は、茶を飲み干した。

船宿『初川』の前の五間堀には船着場があり、繋がれた猪牙舟《ちょきぶね》や屋根船が揺れていた。

太市は、良吉と一緒に船宿『初川』に向かった。

十徳《じっとく》姿の初老の男と粋な形《なり》をした年増が、旦那や船頭たちに見送られて船宿『初川』から出て来た。

「お、おさよ……」

良吉は、息を飲んで凍て付いた。

「おさよ。何処だ……」

太市は戸惑った。

「おさよ……」

良吉は叫び、船頭に誘われて船着場に下りる十徳姿の初老の男と粋な形をした年増に向かって走った。

粋な形をした年増は、良吉に気が付き眉をひそめた。

船宿『初川』の旦那は、見送りに出ていた二人の船頭に目配せをした。

二人の船頭が、船着場に駆け寄る良吉を遮った。

「お、おさよ。俺だ、良吉だ。おさよ……」

良吉は叫んだ。

「何だ、手前……」

二人の船頭は、良吉を押し止《とど》めた。

粋な形の年増は、十徳姿の初老の男に促されて猪牙舟に乗り込んだ。

「おさよ……」

良吉は、押し止める二人の船頭を振り払い、船着場に下りようとした。

「野郎……」

二人の船頭は、良吉を激しく殴り飛ばした。

良吉は倒れ込んだ。

土埃が舞い上がった。

十徳姿の初老の男と粋な形をした年増を乗せた猪牙舟は、船着場から六間堀に進んだ。

「おさよ……」

良吉は、倒れたまま叫んだ。

粋な形の年増は振り返り、微かな笑みを浮かべた。

次の瞬間、十徳姿の初老の男と粋な形の年増を乗せた猪牙舟は六間堀に入り、小名木川に向かって行った。

良吉は、膝を突いたまま呆然と見送った。

「お前さん、何処の誰だい……」

船宿『初川』の旦那は、呆然としている良吉の顔を覗き込んだ。

「あ、あっしは……」

良吉は声を震わせた。

「すみませんねえ。御迷惑をお掛けしちまったようで……」

太市が割って入った。

「何だい、お前さん……」

船宿『初川』の旦那は、太市を見据えた。

「こいつの知り合いでしてね。さあ、帰るぞ」

太市は、良吉を助け起こした。

「じゃあ、御無礼します」

太市は、良吉を連れて立ち去ろうとした。

「待ちな……」

船頭の一人が立ちはだかり、太市の胸倉を鷲摑《わしづか》みにした。

「手前、何処の誰だい……」

船頭は、凄味を利かせた。

太市は、胸倉を鷲摑みにした船頭の手を握って鋭く捻った。

刹那、船頭は悲鳴を上げ、宙を大きく飛んで地面に激しく叩き付けられた。

土埃が舞い、船頭は苦しく呻《うめ》いた。

久蔵仕込みの関口流柔術の投げ技だった。

船宿『初川』の旦那と残る船頭は怯んだ。

「邪魔したな。さあ……」

太市は良吉を促し、足早にその場を離れた。

本所竪川には、荷船の船頭の唄う歌が長閑に響いていた。

太市は、良吉を二つ目之橋の下の船着場に連れて行き、土埃に汚れた顔を洗わせた。

良吉は、顔を強張《こわば》らせていた。

「あの粋な形の年増がおさよなのか……」

太市は訊いた。

「はい……」

良吉は、強張った顔で頷いた。

粋な形の年増は、姿を消したおさよだった。

「間違いないね……」

太市は念を押した。

「裏切られた。俺はおさよに面白可笑《おか》しく騙《だま》され、裏切られたんです……」

良吉は、哀しみと怒りを交錯させた。

「裏切られた……」

「夫婦約束をしたのに、いきなり姿を消して、さっきも俺の顔を見てせせら笑って……」

良吉は、悔し涙を零《こぼ》した。

猪牙舟に乗ったおさよは、六間堀に曲がる時に振り返って微かな笑みを浮かべた。

良吉は、その時の微かな笑みをせせら笑いだと云った。だが、太市には哀しげな儚《はかな》い笑みに思えていた。

「そうかな……」

太市は眉をひそめた。

「太市さん、あっしはおさよに騙され、裏切られたんです。目が覚めました。もう、此までです。お世話になりました」

良吉は云い棄て、船着場の階段を駆け上がった。

「おい、待て、良吉……」

太市は追った。

太市は、良吉を追って二つ目之橋の袂に駆け上がった。

男が、物陰に素早く隠れた。

良吉は、二つ目之橋を小走りに渡って竪川沿いの道を大川に向かった。

「良吉……」

太市は、二つ目之橋の袂で見送った。

良吉の姿は見えなくなった。

太市は、良吉の姿が見えなくなったのを見定め、竪川沿いの道を一つ目之橋に進んだ。
物陰に隠れていた男が現れ、太市を尾行し始めた。
太市は、尾行て来る男が船宿『初川』の船頭の一人だと見定めた。
やはりな……。
太市は、良吉を尾行させず、自分を尾行させて何処かで撒《ま》くつもりだった。
今の処は狙い通りだ……。
太市は、尾行て来る船頭をそれとなく窺いながら進んだ。
船頭は、太市を尾行た。
太市は、竪川に架かっている一つ目之橋を渡って両国橋に進んだ。
両国橋には大勢の人が行き交っていた。
太市は、両国橋を渡りながら袂を眺めた。
袂には様々な露店が並び、托鉢坊主の雲海坊が経を読んでいた。
雲海坊さん……。
太市は、両国橋を渡り終えながら背後を窺った。

船頭は尾行て来る……。

太市は、両国橋の袂で経を読んでいる雲海坊に近付いた。

雲海坊は、太市に気が付いた。

太市は、雲海坊の頭陀袋《ずだぶくろ》に小粒を入れながら囁いた。

「尾行て来る奴を撒きたいんですが……」

太市は、尾行て来る船頭を示した。

雲海坊は、経を読みながら船頭を見定めた。

「承知……」

雲海坊は微笑み、経を読み続けた。

太市は、両国広小路の雑踏を神田川沿いの柳原通りに向かった。

船頭は、太市を追って雲海坊の前を通り抜けようとした。

刹那、雲海坊は船頭の足元に錫杖《しゃくじょう》を差し入れた。

船頭は、錫杖に足を取られて倒れ込んだ。

「どうされた。霍乱《かくらん》か、立ち眩《くら》みか……」

雲海坊は、錫杖を素早く隠して倒れた船頭に駆け寄った。

「いや。大丈夫だ……」

船頭は、起き上がろうとした。

「お待ちなさい。下手に動くと命取り、落ち着きなされ。皆の衆……」

雲海坊は、起き上がろうとする船頭を押し止め、露店仲間を呼び集めた。

露店の主たちが集まり、騒ぎ立て始めた。

太市は見定め、雑踏に消えて行った。

三

南町奉行所は夕陽に照らされた。

太市は、大工の良吉が神田花房町のお稲荷長屋に帰っているのを見届け、南町奉行所にやって来た。そして、久蔵に事の次第を報せた。

「そうか。おさよはいたか……」

「はい。とても料理屋の仲居とは見えない化粧をし、粋な形をしていました」

「で、十徳を着た初老の男と船宿から出て来たのだな……」

「はい。お医者か、お茶の宗匠《そうしょう》って感じですか。それで良吉が名前を呼んだのですが、薄笑いを浮かべ、十徳を着た初老の男と猪牙に乗って六間堀から小名木川に……」

「とても仲居とは思えない化粧に粋な形か……」

久蔵は眉をひそめた。

「はい。良吉はおさよに面白可笑しく騙され、裏切られたと云い、かなり落ち込んで……」

太市は、良吉を哀れんだ。

「そうか……」

「はい……」

「して、おさよが出て来た北森下町の船宿だが……」

「初川って屋号でして、旦那夫婦と船頭が三人、女中が何人かいるそうです」

太市は、身を乗り出して告げた。

「で、船頭が良吉を痛め付けようとし、太市を尾行て来たか……」

「はい。それで両国広小路で雲海坊さんに撒いて貰いました」

「そいつは良かった……」

久蔵は、深川本所の切絵図を広げ、深川五間堀を示した。

「此処です……」

太市は、六間堀近くの店を指差した。

「此処か……」

久蔵は、五間堀を挟んだ向い側に対馬藩江戸中屋敷があるのに気付いた。

「よし。御苦労だった」

久蔵は、太市を労った。

「旦那さま、良吉はどうしますか……」

「おさよに騙され、裏切られたと思ったのならば、もう追ったりはしまい」

「はい。それはそうだろうと思いますが……」

太市は眉をひそめた。

「気になるか……」

「はい……」

太市は頷いた。

「ならば、引き続き見張ってみるか……」

「構わなければ……」

太市は、微かな安堵を浮かべた。

「うむ……」

久蔵は微笑んだ。

燭台の灯は用部屋を照らした。

深川北森下町五間堀沿いの船宿『初川』……。

久蔵は、和馬と幸吉に告げた。

「北森下町の船宿初川ですか……」

幸吉は眉をひそめた。

「ああ。知っているか……」

「いいえ。存じません」

幸吉は、首を横に振った。

「同業者の柳橋が知らないとなると……」

「真っ当な船宿ではないのかもしれませんね」

和馬は睨んだ。

「うむ。俺の見立てじゃあ盗っ人宿だな」

久蔵は睨んだ。

「やはり……」

和馬は、厳しさを滲ませた。

「ああ。おそらく盗賊一味は、近い内に料理屋の若菜に押込む筈だ。おさよは仲居として若菜に奉公し、若菜の内情や金蔵などの場所を調べ、己に拘る物は塵の果てまで始末して姿を消した。ま、そんな処だろう」

久蔵は読んだ。

「はい……」

和馬と幸吉は頷いた。

「だが、塵まで始末して不意に姿を消す奉公人など、滅多にいねえ。その慎重さが裏目に出たな……」

久蔵は苦笑した。

「はい……」

和馬は頷いた。

「じゃあ、料理屋若菜の他に船宿初川も見張りますか……」

幸吉は、久蔵の指示を仰いだ。

「うむ。船宿初川の向いに対馬藩の江戸中屋敷がある。見張り場所はそこが良いだろう」

「分かりました。直ぐに手配りします」

幸吉は頷いた。

「うむ。何処の盗賊一味か知らねえが、思い知らせてくれる……」

久蔵は、不敵な笑みを浮かべた。

燭台の灯は揺れた。


翌日――。

和馬と幸吉は、深川五間堀にある対馬藩江戸中屋敷に赴き、中間頭に金を握らせて中間部屋を借りた。

表門脇にある中間部屋の武者窓からは、五間堀とその向こうの船宿『初川』が見えた。

船宿『初川』は暖簾を揺らし、船着場には猪牙舟と屋根船が繋がれていた。

二人の船頭が現れ、辺りを窺いながら船の手入れを始めた。

「警戒している……」

和馬は苦笑した。

「ええ。秋山さまの睨み通り、押込みは近いようですね」

幸吉は、緊張を過ぎらせた。

「うむ。で、不忍池の若菜はどうした」

「雲海坊と由松に清吉を付けて見張らせています」

「雲海坊と由松なら抜かりはあるまい。何かあれば清吉が報せに走るか……」

「ええ。こっちには勇次と新八が弥勒寺橋の船着場に猪牙を持って来ています」

幸吉は、盗賊一味が船で動いた時の為に勇次に猪牙舟を仕度させていた。

「それにしても和馬の旦那、盗賊は何処の誰なんですかねえ」

幸吉は眉をひそめた。

「うむ。十徳姿の初老の男が盗賊の頭だろうがな。船頭を捕まえて吐かせれば造作はないが、そうもいかない……」

和馬は、船宿『初川』の船着場にいる船頭を眺めた。

「ええ。そんな真似をしたら盗賊の頭、さっさと姿を消しちまいますからねえ」

「うむ……」

和馬と幸吉たちは、船宿『初川』の見張りを始めた。

隅田川の流れは、秋の深まりと共に色を濃くしていた。

向島《むこうじま》の弥平次とおまき夫婦の隠居家の庭は、枯葉も散り終えて秋が深まっていた。

弥平次とおまきは、庭を眺めながら茶を飲んでいた。

「で、明日、お糸《いと》が来るのか……」

「ええ。良い松茸《まつたけ》が手に入ったので持って来てくれるそうですよ」

「そうか。じゃあ、平次《へいじ》も来るな」

弥平次は、嬉しげに相好《そうごう》を崩した。

「もう、お糸と平次となると、只の甘いお祖父《じい》ちゃんなんだから……」

おまきは苦笑した。

「御隠居さま、大女将さん……」

おたまがやって来た。

「なんだい……」

「秋山さまがお見えです」

おたまは告げた。

着流し姿の久蔵は、庭先に廻って座敷の縁側に腰掛けた。

「秋山さま、そのような処ではなく、どうぞお上がり下さい」

おまきは狼狽えた。

「おまき、向島に来たんだ。此処が良いな」

久蔵は、手入れされた植木や秋の花の咲いている庭に眼を細めた。

「そうですか……」

「こりゃあ秋山さま……」

弥平次が着替えて来た。

「おう。柳橋の、変わりはないようだな」

「はい。お陰さまで、秋山さまにもお変わりなく……」

「ああ。憎まれっ子、世に憚《はばか》るだ……」

久蔵は笑った。

「じゃあ、ちょいと……」

おまきは台所に立った。

「で、秋山さま、何か……」

弥平次の勘は、久蔵が事件絡みで来たと告げていた。

「うむ。今、盗賊を追っていてな……」

「盗賊……」

「うむ。だが、何処の何て盗賊か、そいつが皆目分からねえ」

「それはそれは、で、どんな盗賊ですかい」

弥平次は、白髪眉の下の眼を鋭く輝かせた。

岡っ引の柳橋の弥平次だ……。

久蔵は、思わず微笑んだ。

「何か……」

弥平次は戸惑った。

「いや。何でもねえ。で、その盗賊なんだが、十徳を着た初老の男で、一味の者を押込み先に奉公させて探らせる。で、船宿などを盗っ人宿にしているらしい。どうだ、心当りはないかな……」

久蔵は、盗賊の頭について分かっている事を報せた。

「十徳を着た初老の男ですか……」

「ああ……」

久蔵は頷いた。

「そうですねえ。一味の者を押込み先に奉公させて金蔵の場所を探らせ、鍵の型を採らせたりするって奴は、夜霧の政五郎《まさごろう》って盗賊かもしれません」

「夜霧の政五郎……」

久蔵は眉をひそめた。

「ええ。何時でしたか元枕探しだって父っつぁんに聞いたのですが、東海道筋で押込みを働いている盗賊がいましてね。そいつが小田原、駿府《すんぷ》、名古屋などの大店に手下を奉公させ、いろいろと調べさせてから押込むとか……」

「そいつが夜霧の政五郎か……」

「ええ。歳は五十前後で、医者や茶の湯の宗匠を装って押込み先に出入りし、奪う程の金があるかどうか見定めるって噂ですよ」

「そいつだな……」

医者や茶の湯の宗匠は、十徳を着ている者が多い。

久蔵の勘は、料理屋『若菜』の押込みを企てている盗賊が夜霧の政五郎に間違いないと囁いた。

「お待たせしました……」

おまきとおたまが、酒と肴《さかな》を持って来た。

「さあ、秋山さま、久し振りに……」

弥平次は笑い掛けた。

「ああ。いいな……」

久蔵は、おまきの酌を受けた。

晩秋の微風は、散り遅れた枯葉を揺らして心地好く吹き抜けた。


神田花房町のお稲荷長屋では、おかみさんたちが井戸端でお喋《しゃべ》りをし、子供たちが賑やかに遊んでいた。

太市は、木戸の陰から良吉の家を見張っていた。

良吉は、仕事にも行かず家にいた。

刻が過ぎ、おかみさんや子供たちは家に戻り、長屋に静けさが訪れた。

良吉が、待ち兼ねたように家から出て来た。

太市は見守った。

良吉は、思い詰めた顔でお稲荷長屋から足早に出て行った。

太市は追った。

良吉は、神田川の北側の道を両国広小路に向かった。

何処に行くのだ……。
太市は尾行た。
良吉は重い足取りで進み、神田川に架かっている和泉橋を渡った。
太市は追って和泉橋を渡り、柳原通りに出た。
柳原通りは神田川沿いに続き、神田八ッ小路と両国広小路を結んでいた。
太市は、柳原通りに良吉を捜した。
良吉は、八ッ小路に向かっていた。
太市は追った。
良吉は、八ッ小路に行く途中にある柳森稲荷に曲がった。
太市は、足取りを速めた。
柳森稲荷の前には、露店の古着屋や骨董屋《こっとうや》などが並んでいた。
良吉は、並びの外れにある屋台の安酒屋に寄り、酒を頼んだ。
「あいよ……」
屋台の亭主は、欠け茶碗に酒を満たして良吉に差し出した。

良吉は、欠け茶碗を両手で持ち、哀しげな面持ちで満たされた酒を見詰めた。
酒は小刻みに震え、欠け茶碗から零れた。
良吉は、欠け茶碗の酒を一気に飲み干した。
太市は見守った。
良吉は、おさよに騙されて裏切られたと激しい衝撃を受け、立ち直れないでいる。
立ち直れないのは、怒りよりも哀しさと虚しさが強いからだ。
良吉は、おさよに未練がある……。
太市は、良吉の胸の内を読んだ。
良吉は、安酒を飲み続けた。

不忍池の畔の料理屋『若菜』には、客が出入りしていた。
雲海坊は清吉と表を見張り、由松は裏を見張っていた。
料理屋『若菜』は、盗賊に狙われているとも知らず商売を続けていた。
もし、盗賊の押込みが近いなら、一味の者が料理屋『若菜』の様子を窺いに来る筈だ。

雲海坊、由松、清吉は、料理屋『若菜』に不審な者が現れるのを待った。

船宿『初川』には、旦那の富蔵《とみぞう》と女将のおとき、船頭の常吉《つねきち》、梅次《うめじ》、源七《げんしち》と通いの女中が二人いた。

おそらく盗賊一味なのは、富蔵おとき夫婦と常吉、梅次、源七の五人だけで、二人の通いの女中は拘りない筈だ。

そして、頭と思われる十徳を着た初老の男とおさよを加えて七人。

和馬は、盗賊一味を読んだ。

「和馬の旦那……」

幸吉が窓辺で呼んだ。

「どうした……」

和馬は、窓辺に寄った。

旦那の富蔵が、丸に初の印半纏を着た梅次の漕《と》ぐ猪牙舟で出掛けて行った。

「俺が追う……」

和馬は表に向かった。

「勇次の猪牙で……」

幸吉は告げた。

「心得た」

和馬は、中間部屋から足早に出て行った。

「神崎の旦那……」

勇次の漕ぐ猪牙舟が、弥勒寺橋の船着場からやって来た。

「おう……」

対馬藩江戸中屋敷から出て来た和馬は、勇次の漕ぐ猪牙舟に素早く乗り込んだ。

勇次は、富蔵の乗った梅次の猪牙舟を追った。

梅次の猪牙舟は、五間堀から六間堀に出て本所竪川に向かった。

勇次の猪牙舟は、和馬を乗せて追った。

良吉は、安酒を飲み続けた。

太市は見守った。

柳森稲荷の鳥居前の屋台には、仕事に溢《あぶ》れた人足や食詰め浪人などが安酒を飲みに来ていた。

良吉は、安酒に酔って足を取られて思わずよろめいた。

安酒が零れ、食詰め浪人の薄汚い袴に掛かった。

「何をしやがる……」

食詰め浪人は、良吉を乱暴に突き飛ばした。

良吉は、欠け茶碗を持ったまま倒れ込んだ。

「手前、濡れた袴をどうしてくれる」

食詰め浪人は、良吉を引き摺り起こした。

「どうしてくれるだと……」

良吉は呂律《ろれつ》が廻らず、その眼は酔いに据わっていた。

「金だよ、金、詫びの金だ」

食詰め浪人は、良吉の懐に手を入れて巾着《きんちゃく》を取り上げようとした。

「煩せえ……」

良吉は、食詰め浪人を振り払った。

食詰め浪人は無様に倒れた。

酒を飲んでいた人足たちが笑った。

「お、おのれ……」

食詰め浪人は怒り、良吉を殴り飛ばした。

良吉は、鼻血を飛ばして倒れた。

食詰め浪人は、倒れた良吉を容赦なく蹴飛ばした。

良吉は身を縮めて転げ廻り、気を失った。

「馬鹿野郎が……」

食詰め浪人は吐き棄て、気を失った良吉の巾着を奪い取ろうとした。

「待ちな……」

太市は駆け寄った。

「何だ、手前は……」

食詰め浪人は、太市を睨み付けた。

「お稲荷さんに手を合わせに来た者だが、酔っ払い相手にいい加減にするんだな」

太市は良吉を庇《かば》うように立ち、食詰め浪人を冷たく見据えた。

「何だと……」

食詰め浪人は、刀を握り締めて鯉口を切った。

「やる気かい……」

太市は、食詰め浪人を見据えて懐に手を入れて身構えた。

「おのれ……」

食詰め浪人は、刀を抜いて太市に斬り付けた。

太市は、跳び退いて躱した。

食詰め浪人は、嵩に掛かって二の太刀を放った。

刹那、太市は懐に入れていた手を鋭く振り抜いた。

萬力鎖《まんりきぐさり》が横薙《よこな》ぎに一閃《いっせん》され、食詰め浪人の刀が甲高い音を立てて二つに折れた。

二つに折れた刀の一尺程の刃先が飛び、木の幹に突き刺さって短く震えた。

食詰め浪人は驚き、怯んだ。

「未だやるかい……」

太市は、萬力鎖を構えて食詰め浪人に冷笑を浴びせた。

「い、いいや……」

食詰め浪人は、顔色を変えて恐怖に震えた。

「じゃあ、引き取らせて貰うぜ」

太市は萬力鎖を懐に入れ、気を失っている良吉を背負って柳原通りに向かった。

柳原通りの柳並木は、吹き抜ける風に一斉に緑の枝を揺らした。

四

不忍池の畔の料理屋『若菜』には、客が出入りしていた。

雲海坊と清吉は、怪しい奴が現れるのを待った。

由松が、料理屋『若菜』の裏手から小走りにやって来た。

「兄貴……」

「どうした……」

「妙な野郎共が裏を眺めて表に廻って来るぜ」

由松は告げた。

料理屋『若菜』の裏から、中年男と丸に初の字の印半纏を着た若い男がやって来た。

中年男と若い男は、料理屋『若菜』の様子を窺っていた。

雲海坊、由松、清吉は見守った。

「押込みを企んでいる盗賊ですかね」

清吉は眉をひそめた。

「きっとな……」

雲海坊は頷いた。

和馬と勇次がやって来た。

「和馬の旦那……」

雲海坊、由松、清吉は迎えた。

「深川の船宿初川の主の富蔵と船頭の梅次だ」

和馬は、中年男と印半纏を着た若い男を示した。

「船宿初川の奴らか……」

雲海坊は眉をひそめた。

「野郎共、若菜に変わった様子がないか見定めに来たんですぜ」

勇次は告げた。

「って事は、押込みは近いか……」

由松は読んだ。

「ああ。おそらく今夜か明日……」

和馬は、厳しい面持ちで頷いた。

六間堀から五間堀の堀端を来た行商人は、辺りを窺いながら船宿『初川』の暖簾を潜った。

幸吉と新八は、対馬藩江戸中屋敷の中間部屋の武者窓から見守った。

「客ですかね……」

新八は首を捻った。

「いや。おそらく盗賊の一味だ」

幸吉は睨んだ。

塗笠を被った着流しの武士が、武者窓の外の六間堀の堀端をやって来た。

秋山さま……。

幸吉は気が付いた。

塗笠を被った着流しの久蔵は、対馬藩江戸中屋敷を一瞥して弥勒寺に向かった。

「新八、此処を頼むぜ」

幸吉は、新八を残して中間部屋を出た。

万徳山弥勒寺の境内に参拝客は少なかった。

幸吉は、境内を見廻した。

境内の隅の古い茶店に久蔵はいた。

「秋山さま……」

幸吉は近寄った。

「おう……」

久蔵は、隣に腰掛けるように促した。

「畏れ入ります」

幸吉は、久蔵の隣に腰掛けた。

「盗賊、東海道筋を荒らしている夜霧の政五郎だ」

「夜霧の政五郎……」

幸吉は眉をひそめた。

「ああ。柳橋の隠居の話じゃあ、夜霧の政五郎は医者や茶之湯の宗匠に化けてお店に入り込み、身代がどのぐらいあるか見定め、手下を奉公人として入れ、金蔵の場所などを調べさせて押込む……」

久蔵は告げた。

「おまちどおさまでした」

茶店の老婆は、茶を二つ持って来た。

「飲みな……」

久蔵は、幸吉の茶も頼んであった。

「畏れ入ります。戴きます」

久蔵と幸吉は茶を飲んだ。

「十徳姿の初老の男とおさよですか……」

幸吉は、十徳姿の初老の男が盗賊夜霧の政五郎だと知った。

「ああ。で、一味の人数は……」

「政五郎におさよ。初川の主の富蔵と女将のおとき、船頭の常吉、梅次、源七の七人。他に行商人が一人。未だ増えるかもしれません」

「押込むのが男だけなら、六人から七、八人って処か……」

久蔵は読んだ。

「きっと……」

幸吉は頷いた。

「よし……」

久蔵は、冷笑を浮かべた。

弥勒寺は西日に照らされた。

西日は台所の窓から差し込んでいた。
良吉は目覚めた。
眼は霞《かす》み、頭が痛んだ。
二日酔いだ……。
良吉は、横になったまま辺りを見廻した。
見慣れた狭い己の家だ。
いつの間にか家に帰って来ていた……。
良吉は、どうやって帰って来たのか覚えていなかった。
安酒を飲んでいて食詰め浪人と喧嘩になった迄は何となく覚えている。だが、
それからどうしたかは、何も覚えてはいない。
良吉は、ゆっくりと身を起こした。
頭痛が激しく衝《つ》き上げた。
良吉は、狭い土間に降りて水甕《みずがめ》の水を喉を鳴らして飲んだ。
疲れた……。
良吉は、框《かまち》に腰掛けて頭を抱えた。

二日酔いの激しい頭痛の中に、気怠《けだる》い疲労が湧いていた。

框に腰掛けて頭を抱えた良吉は、窓から差し込む夕陽に赤く染まった。

北森下町の船宿『初川』の船着場に猪牙舟が着いた。

猪牙舟から富蔵と船頭の梅次が下り、船宿『初川』に入って行った。

和馬を乗せた勇次の猪牙舟が通り過ぎ、弥勒寺橋の船着場に向かった。

弥勒寺橋の船着場には、塗笠に着流しの久蔵がいた。

「秋山さま……」

和馬は、勇次の猪牙舟を下りた。

「富蔵、若菜の様子を窺いに行ったのか……」

久蔵は笑みを浮かべた。

「はい……」

和馬は頷いた。

「秋山さま、和馬の旦那……」

勇次が船宿『初川』の船着場を示した。

船頭の常吉が、屋根船を漕ぎ出して行った。

「和馬、柳橋と初川を見張れ。勇次、屋根船を追ってくれ」

久蔵は、猪牙舟に乗った。

勇次は、猪牙舟の舳先《へさき》を素早く廻して屋根船を追った。

常吉の漕ぐ屋根船は、五間堀から六間堀に出て小名木川に向かった。

勇次は、久蔵を乗せた猪牙舟の船足を上げた。

小名木川に出た屋根船は、大川に進んだ。

「何処に行くんですかね」

勇次は眉をひそめた。

「おそらく、夜霧の政五郎の処だろう」

久蔵は読んだ。

「じゃあ、押込みは今夜ですか……」

「おそらくな……」

久蔵は、仙台堀に入って行く屋根船を見据えて頷いた。

仙台堀を進んだ屋根船は、相生橋《あいおいばし》を潜って油堀川に向かった。そして、丸太橋の船着場に屋根船の船縁《ふなべり》を寄せた。

「勇次、岸に寄せろ」

久蔵は命じた。

「はい……」

勇次は、猪牙舟を巧みに操って岸辺に寄せた。

船頭の常吉が屋根船を下り、傍の材木町に向かった。

「此処で待て……」

久蔵は、猪牙舟から岸に上がって常吉を追った。


船頭の常吉は、丸太橋近くの板塀に囲まれた家に入った。

久蔵は見届けた。

盗賊夜霧の政五郎の隠れ家なのか……。

久蔵は、板塀に囲まれた家を窺った。

僅かな刻が過ぎ、板塀の木戸門が開いた。

常吉と十徳姿の初老の男が、粋な形をした年増に見送られて出て来た。

夜霧の政五郎とおさよ……。

久蔵は見定めた。

夜霧の政五郎は、常吉と共に丸太橋の船着場に降りて行った。

おさよは、木戸門で見送った。

夜霧の政五郎は、船宿『初川』で一味の者たちと合流して不忍池の料理屋『若菜』に押込む。

久蔵は見極めた。

夜霧の政五郎を乗せた屋根船は、常吉に操られて船宿『初川』に向かって行った。

おさよは見届け、蹌踉《そうろう》たる足取りで丸太橋に進んだ。

久蔵は戸惑った。

おさよは、丸太橋の上に佇んで夜空を眺めた。

夜空には満天の星が輝いていた。

おさよは微笑んだ。

まさか……。

久蔵は、不吉な想いに衝き上げられた。

刹那、おさよは暗い川に身を躍らせた。

水飛沫《みずしぶき》が煌めいた。

久蔵は、丸太橋の船着場に駆け下りた。

「秋山さま……」

勇次が、船着場に猪牙舟を寄せた。

「おさよが身を投げた」

「承知……」

勇次は、久蔵が乗った猪牙舟を丸太橋の下に進めた。

暗い流れに粋な形のおさよが浮いた。

勇次は、おさよの傍に猪牙舟を急がせた。

久蔵は、おさよを素早く摑まえた。そして、勇次と共におさよを猪牙舟に引き摺りあげた。

おさよは気を失っていた。

久蔵は、おさよの胸を押して水を吐かせた。

おさよは水を吐き、微かに呻いた。

助かる……。

久蔵は安堵した。

「秋山さま、此のまま柳橋の笹舟に……」
「うむ」
久蔵は頷いた。
勇次は、猪牙舟を大川に急がせた。
おさよは身投げをした。
何故だ……。
盗賊夜霧の政五郎一味にいるのが辛くなったのか……。
それとも、夫婦約束をした良吉を騙し、裏切ったのを詫びたかったのか……。
何れにしろ、おさよは己で己の命を絶とうとしたのだ。
哀れな……。
久蔵は不意にそう思った。
弥勒寺の鐘が、亥の刻四つ（午後十時）を鳴り響かせた。
船宿『初川』の潜り戸が開いた。
常吉、梅次、源七たち船頭が現れ、屋根船を出す仕度を始めた。
夜霧の政五郎が、富蔵と二人の手下を従えて船宿『初川』から出て来て屋根船に乗った。

屋根船は、女将のおときに見送られて六間堀に向かった。

弥勒寺橋の船着場から猪牙舟が離れ、音もなく屋根船を追った。

和馬を乗せた勇次の猪牙舟だった。

「押込む盗賊は七人。睨み通りだな……」

和馬は、屋根船を見据えて苦笑した。

「ええ……」

勇次は、嘲りを浮かべた。

夜霧の政五郎たち盗賊を乗せた屋根船は、六間堀から竪川に出て大川に向かった。

勇次の猪牙舟は、和馬を乗せて追った。

盗賊夜霧の政五郎一味は、大川から神田川に入って昌平橋の船着場に行く。そして、不忍池に走り、畔にある料理屋『若菜』に押込む企てなのだ。

和馬は読んでいた。

読みは、久蔵や幸吉たちも同じだった。

大川には、幾つもの船明かりが煌めいていた。

不忍池は、夜の静けさに覆われていた。

料理屋『若菜』は閉店後の後始末も終わり、既に通いの奉公人たちも帰った。

そして、一刻後には明かりも次々と消え、料理屋『若菜』は眠りに落ちた。

盗っ人姿の男たちが雑木林から現れ、料理屋『若菜』の前に集まった。

盗賊夜霧の政五郎は、鋭い眼差しで料理屋『若菜』の様子を窺った。

「富蔵……」

政五郎は、富蔵に声を掛けた。

「へい。変わった様子は窺えませんぜ」

富蔵は頷いた。

「よし……」

政五郎は、梅次と源七に目配せをした。

梅次と源七は頷き、料理屋『若菜』の木戸門を開けて忍び込んだ。

次の瞬間、梅次と源七は、短い声をあげて崩れ落ちた。

政五郎、富蔵、常吉、二人の手下は驚いた。

「御苦労だったな、夜霧の政五郎。此迄だぜ」

久蔵が鉄鞭《かなむち》を手にして現れた。

「手前は……」

政五郎は、怒りを露わにした。

「南町奉行所の秋山久蔵だ」

久蔵は、政五郎に笑い掛けた。

「秋山久蔵……」

政五郎、富蔵、常吉たちは怯んだ。

「ああ……」

久蔵は頷いた。

政五郎、富蔵、常吉たちの周囲に和馬、幸吉、雲海坊、由松、勇次、新八、清吉が現れた。

そして、南町奉行所の高張提灯が幾つも掲げられ、御用提灯を手にした捕り方たちが周囲を取り囲んだ。

「盗賊夜霧の政五郎と一味の者共。最早、逃げられぬ。神妙にお縄を受けるのだな」

和馬は告げた。

「煩せえ。神妙にお縄になった処でどうせ死罪だ。刺し違えてやる」

政五郎は喚き、長脇差を抜き放った。

富蔵と常吉たち手下が続いた。

「よし。みんな、容赦は無用だ。叩きのめしてお縄にするよ」

和馬は、苦笑しながら幸吉たちに告げた。

「承知……」

幸吉たちは頷いた。

刹那、常吉が和馬に斬り掛かった。

和馬は躱し、十手を唸らせた。

常吉の打ち据えられた肩が鈍い音を鳴らし、長脇差を落とした。

捕り方たちが殺到し、常吉を寄棒《よりぼう》で滅多打ちにして縄を打った。

幸吉と雲海坊は、富蔵に迫った。

由松と清吉、勇次と新八が二人の手下に襲い掛かった。

幸吉たちは、富蔵と二人の手下を容赦なく叩きのめして捕り押さえた。

「畜生……」

追い詰められた政五郎は、長脇差を構えて久蔵に突っ込んだ。

久蔵は、鉄鞭を横薙ぎに一閃した。
政五郎は、頰から血を飛ばして身体を反転させた。
和馬は、政五郎の長脇差を十手で叩き落とした。
政五郎は立ち竦《すく》んだ。
捕り方たちが、立ち竦んだ政五郎に襲い掛かり、地面に捻じ伏せた。
政五郎は、怒声をあげて激しく抗った。
「夜霧の政五郎、もう少し潔い盗賊かと思ったが、年甲斐のねえみっともなさだな」
久蔵は、呆れたように笑った。
盗賊夜霧の政五郎一味は、一人残らず捕えられた。
大川から吹き抜ける微風は冷たかった。
柳橋の船宿『笹舟』の船着場では、船頭たちが船の手入れをしていた。
おさよは、幸吉に伴われて座敷に来た。
「おう。もう良いそうだな……」
久蔵がいた。

「はい……」

おさよは、強張った面持ちで頷いた。

「助けられたのが不服なようだな」

久蔵は笑った。

「はい……」

おさよは頷いた。

「おさよ、夜霧の政五郎と富蔵たち一味の者共はお縄にしたよ」

「そうですか……」

おさよは、驚きも狼狽えもしなかった。

「もう、どうでもいいか……」

久蔵は、おさよの胸の内を読んだ。

おさよは、黙って俯《うつむ》いた。

「処で何故、身投げなんかしたのだ……」

「生きているのが嫌になったからですよ」

「その若さでか……」

「旦那、若いからって先に望みがある訳でもありませんよ」

「生きて来たのに疲れたようだな」

「八つで子守りに出され、十四で男に騙され、十七で女郎に売られ、二十で逃げ出し、盗っ人のお頭に助けて貰って……」

「以来、盗賊夜霧の政五郎の一味か……」

「ええ。良い事なんか何もなかった……」

「それ故、身を投げたのか……」

「さあ……」

おさよは、淋しげな笑みを浮かべた。

「ならば、夫婦約束をして騙し、裏切った大工の良吉に対しての詫びなのかな」

久蔵は尋ねた。

「えっ……」

おさよは、僅かに狼狽えた。

「良吉への詫びなのだな」

久蔵は念を押した。

「良吉さんは私を大事にしてくれた。私は生まれて初めて他人に大事にされた。嬉しくて、嬉しくて……」

「夫婦約束をしたか……」

「はい。でも、私は盗賊の一味、巻き込む訳にはいかない……」

おさよは、哀しげに俯いた。

「それで黙って消えたのか……」

「はい……」

おさよは、騙して裏切ったと思われるのを覚悟して黙って消えた。

「そして、良吉への詫びとして身を投げ、死のうとしたか……」

「はい。生きている限り、良吉さんを忘れられず、悔やみ続けなければならないから……」

おさよの頰に涙が伝った。

「そうか……」

久蔵は、おさよを哀れんだ。

久蔵は、盗賊夜霧の政五郎と一味の者共を死罪に処した。一味の者の中には、富蔵の女房で船宿『初川』の女将とおさよもいた。

おさよは泣き喚いたり震えたりもせず、微笑みを浮かべて従容《しょうよう》として死に就いた。

その微笑みは清絶な美しさだった……。

おさよは果てた。

盗賊夜霧の政五郎一味は壊滅した。

久蔵は、太市を供に柳橋の船宿『笹舟』に出掛けた。

浜町堀に架かっている汐見橋《しおみばし》に差し掛かった時、太市は足を止めて傍の普請場を見詰めた。

「どうした……」

久蔵は、太市を振り返った。

「旦那さま、あの大工……」

太市は、普請場で働いている大工を示した。

大工は良吉だった。

「良吉か……」

「はい……」

久蔵と太市は、働く良吉を見守った。

良吉は、若い大工に指図をして忙しく働いていた。

「おさよを忘れられたんですかね……」

太市は、働く良吉を気の毒そうに見守った。

「さあな。だが、いつかは忘れなければならない……」

「はい……」

久蔵と太市は、浜町堀に架かる汐見橋を渡った。

浜町堀には、散り遅れた枯葉が一枚、ゆっくりと流れて行った。

第三話

臆病風

一

神田川に木枯しが吹き抜け、その流れは昼が過ぎても冷たかった。

昌平坂学問所は旗本御家人の子弟を教育する為、公儀が湯島の聖堂に作った学問所である。

南町奉行所秋山久蔵の嫡男大助は、友人の原田小五郎《はらだこごろう》と学問所を出て神田明神門前の一膳飯屋に向かった。

小五郎は、牛込肴町《さかなまち》に屋敷のある御家人の原田左内《さない》の倅だった。

大助と小五郎は、飯に味噌汁を掛けて空腹を癒した。

勿論、昼飯の弁当である握り飯は、各々しっかりと食べている。

だが、大助と小五郎は、それだけで昼飯が足りる歳ではなかった。

大助と小五郎は、顔馴染の安い一膳飯屋で空腹を満たした。

酒を飲んだ二人の浪人が、一膳飯屋を出ようとした。

「あっ、お勘定……」

一膳飯屋の小女《こおんな》が戸惑った声をあげた。

二人の浪人は、構わず一膳飯屋を出た。

「食い逃げ、旦那さん、食い逃げです」

小女は、板場に叫んだ。

板場から中年の亭主が現れ、二人の浪人を追った。

「大助……」

小五郎は、浪人たちを追った中年の亭主を心配そうに見送った。

「あ、ああ……」

大助は、味噌汁を掛けた飯を食べ続けていた。

「何だと、食い逃げだと……」

浪人は、怒りを露わにした。

「へ、へい。お酒の勘定、戴いておりませんので……」

中年の亭主は、恐る恐る告げた。

「黙れ、下郎……」

浪人は、中年の亭主を突き飛ばした。

中年の亭主は、短い悲鳴を上げて倒れた。

行き交う人が立ち止まり、恐ろしげに二人の浪人を見た。

二人の浪人たちは、倒れた中年の亭主に嘲りの一瞥を浴びせて立ち去ろうとした。

「食逃げだ。食逃げだ。お役人を呼んでくれ」

中年の亭主は叫んだ。

「おのれ……」

浪人の一人は、慌てて中年の亭主を蹴飛ばそうとした。

次の瞬間、蹴飛ばそうとした浪人に小五郎が体当たりした。

浪人は、弾き飛ばされて無様に倒れた。

「親父、大丈夫か……」

小五郎は、中年の亭主を助け起こした。

「小僧、邪魔するな……」

もう一人の浪人が、中年の亭主を助け起こしている小五郎を殴った。

小五郎は殴られ、思わず膝をついた。

二人の浪人は、膝をついた小五郎に襲い掛かった。

「止めろ……」

大助が駆け寄り、浪人を殴り飛ばした。

「お、おのれ……」

二人の浪人は熱《いき》り立った。

「やるか、食逃げ。酒代を払え……」

大助は怒鳴った。そして、小五郎と共に中年の亭主を庇って身構えた。

二人の浪人は、大助と小五郎に猛然と襲い掛かった。

大助と小五郎は、素早く動き廻って応戦した。

二人の浪人の酒の入った鈍《なま》った身体は、若い大助と小五郎の敏捷《びんしょう》さに追い付かなかった。

大助と小五郎は、敏捷に動き廻って二人の浪人を殴り蹴って翻弄した。

「何をしている……」

町奉行所の同心と岡っ引が駆け寄って来た。

「拙い……」

大助は、同心に身許が知れ、父の久蔵の耳に入るのを恐れ、狼狽えた。

「どうした、大助」

小五郎は戸惑った。

二人の浪人は逃げた。

「小五郎、俺の事は内緒だ。飯代を立て替えておいてくれ。じゃあな……」

大助は、一膳飯屋の脇の路地に駆け込んだ。

「だ、大助……」

小五郎は、困惑を浮かべて大助を見送った。

「どうした。何があったのだ」

駆け付けた町奉行所の同心は尋ねた。

「は、はい。食逃げにございます」

中年の亭主は、駆け付けた同心の前に進み出た。

八丁堀岡崎町の秋山屋敷の表門は開け放たれていた。
大助は、連なる屋敷の土塀沿いを足早にやって来た。そして、秋山屋敷を窺った。
秋山屋敷の前には、与平の姿はなかった。
大助は、安堵の笑みを浮かべた。
与平がいたら袖の綻《ほころ》びや汚れに気付き、喧嘩でもしたのかと騒ぎ立てるに違いない。
与平が騒ぎ立てれば、母の香織や妹小春を通じて父の久蔵の知る処となる。
久蔵に知れれば厳しく問い質《ただ》され、下手をすれば説教をされるのに決まっている。
面倒だ……。
大助は、表門の陰から前庭を窺った。
前庭に与平や小春の姿は見えなかった。
誰にも気付かれぬ内に己の部屋に行き、着替える……。
大助は、表門を潜って奥庭に続く木戸に向かおうとした。
「大助さま……」

大助は、慌てて振り向いた。

背後に太市がいた。

「今、お戻りですか……」

太市は微笑んでいた。

「う、うん……」

大助は、狼狽を懸命に隠しながら頷いた。

「やりましたか、喧嘩……」

太市は苦笑した。

「た、太市さん……」

大助は慌てた。

「ま、こっちに……」

太市は、大助を表門の並びにある己の長屋に誘った。

「う、うん……」

大助は、戸惑いながら太市に続いた。

「何処の誰と喧嘩をしたのですか……」

太市は、大助に尋ねた。

「喧嘩って。太市さん、俺と小五郎は、酒代を払わない挙げ句、店の親父を痛め付けようとした食逃げ浪人を懲らしめただけだよ」

「食逃げ浪人……」

太市は眉をひそめた。

「うん……」

大助は、真剣な面持ちで頷いた。

「そうでしたか。それは大変でしたね」

太市は微笑んだ。

「うん。で、与平の爺《じ》じちゃんや母上に見付かると父上に知れ、厳しく問い質された挙げ句、下手をすれば説教だ」

大助は眉をひそめた。

「それで、さっさとお部屋に戻り、破れて汚れた着物を着替えるつもりでしたか

……」

太市は読んだ。

「太市さんには敵わないな……」

大助は、腹の内を読まれて苦笑した。

「ま、長い付き合いですからね」

太市は笑った。

「太市さん、その長い付き合いに免じて、此の通りです」

大助は、太市に手を合わせて頭を下げた。

「大助さま、手前は奉公人です。主が奉公人に手を合わせて頭を下げてはなりません」

太市は厳しく窘《たしな》めた。

「でも、太市さんは父上の家来でも、俺には兄貴のような……」

大助は項垂れた。

「分かりました。じゃあ、与平さんや小春さまに見付からない内に……」

太市は苦笑した。

「うん……」

大助は、嬉しげに笑った。

「処で大助さま、その喧嘩。いえ、懲らしめ。勝ったのでしょうね」

「勿論……」

大助は胸を張った。

夜になって雨が降り出した。

雨は外濠に小さな波紋を重ね、神楽坂《かぐらざか》を濡らした。

神楽坂の左右の店は雨戸を閉め、行き交う人は滅多にいなかった。

番傘を差した大店の旦那と手代が、外濠通りから神楽坂にあがって来た。

雨は一段と激しくなった。

塗笠に合羽を着た二人の武士が、左右の路地から現れて大店の旦那と手代に斬り掛かった。

大店の旦那と手代は、血を飛ばして大きく仰け反り倒れた。

塗笠に合羽を着た二人の武士は、倒れた大店の旦那と手代に止めを刺し、神楽坂を駆け下りて行った。

大店の旦那と手代は絶命し、溢れ出る血は激しく降る雨に流された。

「昨夜、神楽坂の刀剣商真心堂《しんしんどう》主の彦兵衛《ひこべえ》と手代の千吉《せんきち》が、神楽坂で何者かに斬り殺されました……」

和馬は、出仕した久蔵に報せた。

「神楽坂の真心堂の彦兵衛と手代が……」

久蔵は、神楽坂の刀剣商『真心堂』で買い物をした事があり、主の彦兵衛を見知っていた。

「はい……」

「して、襲った者は……」

「今の処、見た者はいなく、現場も雨に流され、手掛りは皆目……」

和馬は眉をひそめた。

「昨夜の雨では、残されていたかも知れない手掛りも流されたか……」

「はい。それで今、柳橋が主の彦兵衛を恨んでいた者、彦兵衛と揉めていた者などの割り出しを急いでいます」

「うむ。して彦兵衛、昨夜は何処の帰りだったのだ」

「はい。番頭の話では、駿河台《するがだい》は裏神保小路《うらじんぼうこうじ》の旗本本田一学《ほんだいちがく》さまの御屋敷の帰りだったそうです」

「旗本の本田一学……」

「はい。二人いる御納戸頭《おなんどがしら》の一人で近頃、名刀を買い集めているとか……」

和馬は告げた。

「成る程。して、彦兵衛は何しに本田一学の屋敷に行ったのだ」

「そいつが、刀の目利きを頼まれて行ったそうです」

「刀の目利きか……」

久蔵は眉をひそめた。

「はい。本田一学さま、どんな人柄か、ちょいと調べてみますか……」

和馬は、その眼を僅かに輝かせた。

「うむ。昨夜のような雨の夜、彦兵衛が出先から帰って来ると知る者は余りいないだろう。訪れていた処の者は別だがな……」

久蔵は、小さな笑みを浮かべた。

岡っ引の柳橋の幸吉は、下っ引の勇次や手先たちと、殺された刀剣商『真心堂』彦兵衛を恨んでいる者や揉めている者の洗い出しを急いだ。

刀剣商『真心堂』彦兵衛は、大名旗本家の御用達《ごようたし》を承っている商い上手であり、刀剣の目利きにも優れていた。

「そんな旦那を恨んでいる者に心当たりはないですかね」

幸吉は、番頭の善造《ぜんぞう》に尋ねた。

「親分さん、実は先日、旦那さまは備前長船《びぜんおさふね》だと称する刀の目利きを頼まれましてね」

「備前長船の目利きですか……」

「ええ……」

「で、その備前長船、旦那の目利きでは……」

「贋物《にせもの》でした」

「贋物……」

「はい」

「でしたら、目利きを頼んだ人は……」

「贋の備前長船を高値で売り付けられる処だったと怒り、突き返したそうですよ」

「じゃあ、突き返された売り主が……」

幸吉は読んだ。

「ええ。贋物だと目利きをした旦那さまを恨んでいるかもしれません」

番頭の善造は眉をひそめた。

「番頭さん、その贋の備前長船の売り主は何処の誰ですか……」

「さあ、そこまでは……」

番頭の善造は、首を捻った。

「じゃあ、旦那に目利きを頼んだのは……」

幸吉は訊いた。

「小石川は金杉水道町の紀州田辺藩江戸屋敷の御用人の沢井平左衛門《さわいへいざえもん》さまにございます」

「紀州田辺藩の御用人の沢井平左衛門さまですね……」

幸吉は念を押した。

「はい……」

彦兵衛に刀の目利きを頼んだ田辺藩の沢井平左衛門に訊けば、贋の備前長船の売り主が何処の誰か分かる。そして、売り主が備前長船を贋物だと目利きした彦兵衛を恨んでいるかどうか見定める。

遠廻しな手立てだが、手掛りが何もない今は仕方がない。しかし、相手は大名家の用人だ。岡っ引風情《ふぜい》が容易に逢える筈はない。

秋山さまに頼むしかない……。

幸吉は思案した。

紀州田辺藩の安藤飛騨守《あんどうひだのかみ》は、大名格だが御三家紀州徳川家の付家老の家柄だった。

「成る程、で、田辺藩の用人沢井平左衛門に逢い、贋の備前長船を売り付けようとした者が誰か訊いてくれと云うのか……」

久蔵は眉をひそめた。

「はい……」

幸吉は頷いた。

「秋山さま、柳橋の云う通り、そいつは備前長船を贋物だと目利きした彦兵衛を恨み、襲ったかもしれません。私も見定めるべきかと思います」

和馬は、幸吉の意見に賛成した。

「よし。ならば、沢井平左衛門に逢って訊いてみるか……」

久蔵は頷いた。

昌平坂学問所の講義が終わった。

原田小五郎は、書籍や矢立を風呂敷に包んで足早に学問所を出た。

「小五郎……」

大助が追って来た。

「今日は何を食う……」

大助は、書籍と矢立を包んだ風呂敷包みを腰に結びながら小五郎に並んだ。

「大助、今日は真っ直ぐ帰る」

小五郎は、沈んだ面持ちで告げた。

「えっ。何処か身体の具合が悪いのか……」

大助は戸惑った。

「いや。じゃあな……」

小五郎は、神田川沿いの道を水道橋に向かった。

「そうか……」

大助は、拍子抜けをした面持ちで牛込肴町の屋敷に帰る小五郎を見送った。

重い足取り……。

大助は、小五郎の足取りが何処と無く重いように思えた。

小五郎の具合に悪い処がないのなら、家族か原田家に何か気になる事があるのかもしれない。

大助は読んだ。

紀州田辺藩江戸屋敷は、水戸藩江戸上屋敷から無量山伝通院《でんずういん》を結ぶ安藤坂にあった。

〝安藤坂〟の謂われは、田辺藩の主の安藤飛驒守の江戸屋敷があったからだとされていた。

久蔵は、幸吉を供にして田辺藩江戸屋敷を訪れ、用人の沢井平左衛門に面会を求めた。

用人の沢井平左衛門は折良く田辺藩江戸屋敷におり、久蔵を書院に招いた。

久蔵は、幸吉を表門脇の腰掛に残して書院に通った。

障子の閉められた書院は薄暗く、静寂に満ちていた。

「お待たせ致した……」

久蔵が出された茶を飲む前に、初老の武士がやって来た。

「拙者、安藤家用人沢井平左衛門にござる」

初老の武士は、用人の沢井平左衛門だった。

「南町奉行所吟味方与力の秋山久蔵です。此度は急な訪問、お許し下さい」

久蔵は、急な訪問を詫びた。

「いいえ。して、南町奉行所の秋山どのが私に何の御用ですかな……」

沢井は、探るような眼を向けた。

「実は、刀剣商真心堂の主の彦兵衛が、昨夜何者かに斬り殺されましてな」

久蔵は、沢井を見据えて告げた。

「な、何と。真心堂の彦兵衛が斬り殺された」

沢井は、眼を剝《む》いて驚いた。

驚きに嘘はない……。

久蔵は見定めた。

「左様……」

「して誰が何故、彦兵衛を……」

沢井は声を震わせた。

「沢井どの。私もそいつが知りたくて、こうしてお邪魔しているのです」

久蔵は苦笑した。

「そ、そうですか。うむ、そうですな……」

沢井は、僅かに落ち着きを取り戻した。

「処で沢井どの、過日、彦兵衛に備前長船の目利きをお頼みになられたとか……」

「はい。我が主の許に五百両で買わぬかと持ち込まれた備前長船、彦兵衛に目利きをして貰った処、良く出来た贋物だと……」

沢井は、腹立たしげに告げた。

「その贋の備前長船、如何しました」

「売り込んできた者に叩き返してやりましたよ」

「何処の誰ですか、売り込んで来たのは……」

久蔵は尋ねた。

「な、ならば秋山どの、彦兵衛を斬り殺したのは、備前長船を贋物だと目利きしたのを恨んだ者の所業ですか……」

沢井は眉をひそめた。

「かもしれぬと思いましてな。して……」

久蔵は促した。

「はい。贋の備前長船を売り込んできたのは、根岸の里に住んでいる一色光悦《いっしきこうえつ》と申す書画骨董や刀の目利きです」

「根岸の里の一色光悦……」

久蔵は、殺された彦兵衛が贋物と目利きした備前長船の持ち主を知った。

二

「根岸の里の一色光悦ですか……」

幸吉は眉をひそめた。

「うむ。書画骨董や刀の目利きだそうだ」

久蔵は教えた。

「分かりました……」

幸吉は頷いた。

「此から行ってみるのか……」

「はい……」

「よし。ならば俺も行こう」

久蔵は告げた。

「秋山さま……」

幸吉は戸惑った。

「柳橋の、一介の目利きが備前長船の良く出来た贋物をどうして手に入れたかだ。ひょっとしたら、一色光悦の背後に何者かが潜んでいるかもしれぬ……」

久蔵は、小さな笑みを浮かべた。


駿河台裏神保小路の旗本屋敷街には、晩秋の風が吹き抜けた。

本田一学の屋敷の門前には、数枚の枯葉が風に舞っていた。

和馬は、勇次や新八と本田屋敷を眺めた。

「真心堂の彦兵衛旦那と手代の千吉、此の御屋敷の帰りに神楽坂で斬り殺されましたか……」

勇次は眉をひそめた。

「ああ。彦兵衛と千吉が此処を出る前に神楽坂に先廻りをした奴らがいたのかもしれない」

和馬は読んだ。

「先廻りの待ち伏せなら、雨の中でも苦にはなりませんか……」

勇次は頷いた。

「うん。襲う段取りはそれで良いが、分からないのは斬り棄てた理由だ……」

和馬は眉をひそめた。

「ええ。本田一学さま、彦兵衛旦那に都合の悪い事でも知られていたか……」

「口封じですか……」

新八は訊いた。

「うん。都合の悪い事が何かは分からないがな……」

勇次は頷いた。

「何れにしろ、本田一学さまがどんな人柄なのかだ……」

和馬は、厳しい眼差しで本田屋敷を眺めた。

「はい。じゃあ、近所の屋敷の奉公人にちょいと聞き込みを掛けてみます」

勇次は告げた。

「うん。そうしてくれ……」

和馬は頷いた。

石神井《しやくじい》用水の流れは冷たく煌めいていた。

久蔵と幸吉は、石神井用水沿いの小道を進んで根岸の里に入った。

根岸の里は上野の山陰にあり、上野の宮の隠居御殿の御隠殿《ごいんでん》、梅屋敷、時雨《しぐれ》の岡と続いて幽趣に満ち、文人墨客《ぼっかく》や数寄者《すきもの》が暮らしていた。

幸吉は、久蔵を水鶏橋《くいなばし》に待たせ、目利きの一色光悦の家を知る者を探した。


一色光悦の家は、石神井用水を挟んだ時雨の岡の前にあった。

「此の家ですね……」

幸吉は、垣根に囲まれた家を眺めた。

石神井用水に面した庭の垣根には木戸があり、木々に残った僅かな枯葉が晩秋の弱い陽差しに揺れていた。

「うむ……」

久蔵は、一色光悦の家を眺めた。

「いると良いんですがね……」

幸吉は、木戸から庭に入った。

「御免下さい。一色光悦さまはおいでになりますか……」

幸吉は、障子の閉められた家の中に声を掛けた。

返事はなかった。

「御免下さい。一色さま……」

幸吉は、再び声を掛けた。

だが、やはり障子の内から返事はなかった。

「一色光悦、一人暮らしなのか……」

「はい。三日に一度、近所の百姓の婆さんに掃除洗濯に来て貰っているそうです」

幸吉は告げた。

「そうか……」

「御免下さい……」

幸吉は尚も声を掛けた。

「柳橋の……」

久蔵は、厳しい面持ちで進み出て障子を開け、眉をひそめた。

家の中は薄暗く、微かに血の臭いがした。

「秋山さま……」

幸吉は、緊張を滲ませた。

「うむ。血の臭いだ……」

久蔵は、縁側から座敷にあがった。

幸吉が続いた。

久蔵と幸吉は、座敷から板の間に出た。

板の間には、禿頭《はげあたま》の初老の男が血を流して倒れていた。

久蔵は、禿頭の初老の男の様子を見た。

禿頭の初老の男は、顔を歪めて絶命していた。

「死んで大分経っているな……」

久蔵は、死体の硬直や血の固まり具合を読んだ。

「朝ですかね……」

幸吉は眉をひそめた。

久蔵は死体を検めた。

禿頭の初老の男は、腹から胸元にかけて横薙ぎの一刀を浴びて絶命していた。

「抜き打ちの一太刀。かなりの遣い手だな」

久蔵は睨んだ。

「禿頭に初老の男。目利きの一色光悦さまに間違いないようですね」

幸吉は、死体の人相風体が聞き込んだ一色光悦と同じだと見定めた。

「一色光悦か……」

久蔵は、顔を歪めて絶命している禿頭の一色光悦を見詰めた。

幸吉は、板の間や座敷などを見廻した。

荒らされた様子はない……。

「金が目当ての強盗ではなさそうですね」

幸吉は読んだ。

「ああ……」

紀州田辺藩江戸屋敷に贋物の備前長船を売り込んだ目利きの一色光悦は、何者かに斬殺された。

「柳橋の……」

「はい……」

「やはり、一色光悦の背後には何者かが潜んでいるようだな」

久蔵は読んだ。

「じゃあ、そいつの口封じですか……」

「ああ。己に辿《たど》り着かれないようにな」

「先手を打たれましたか……」

幸吉は、悔しさを滲ませた。

「よし、贋物の備前長船があるかどうか、家探ししてみな」

久蔵は命じた。

開け放たれた庭の障子は、夕陽に染まり始めていた。


刀剣商『真心堂』彦兵衛たちに続き、書画骨董や刀の目利きの一色光悦が何者かに斬殺された。そして、一色光悦が田辺藩に持ち込み、彦兵衛が贋物と目利きした備前長船は何処にもなかった。

幸吉は、雲海坊と由松に一色光悦斬殺の探索を始めさせた。

雲海坊と由松は、手伝いの婆さんや近所の者に聞き込みを開始した。

何れにしろ、彦兵衛と一色光悦の斬殺には、贋の備前長船が絡んでいる。

久蔵は、贋の備前長船を隠し持つ者が、彦兵衛たちと光悦を殺したと睨んだ。

「して、駿河台の旗本本田一学はどんな奴だった……」

久蔵は、和馬に尋ねた。

「勇次と新八がいろいろ聞き込み、調べたのですが、本田一学は横柄《おうへい》で執念深く、家来や奉公人は云う迄もなく、配下の納戸方の者にも中々厳しいとか……」

「評判、余り良くないようだな」

久蔵は苦笑した。

「はい。配下の納戸方の者が名のある脇差を持っていると聞き、譲ってくれとしつこく脅《すか》したり賺したり、挙げ句の果てに只のような安値で無理矢理に買い取ったそうですよ」

和馬は、腹立たしげに告げた。

「そいつは酷いな……」

久蔵は眉をひそめた。

「ええ……」

「して真心堂の彦兵衛、殺された夜、本田一学の屋敷に刀の目利きに呼ばれた帰りだったのだな」

「はい……」

「彦兵衛を呼び、帰りに闇討ちをする。待ち伏せの細工は出来るか……」

「はい。幾らでも……」

和馬は、久蔵を見詰めて頷いた。

「うむ。ならば和馬、本田一学が彦兵衛を殺す理由は何だ……」

「そいつが未だ……」

和馬は眉をひそめた。

「分からぬか……」

「はい。引き続き探ってみます」

「うむ。それから和馬、本田一学と殺された目利きの一色光悦に拘りがあるかないか……」

「分かりました」

和馬は頷いた。

昌平坂学問所の講義は終わった。

原田小五郎は、学問所を休んだ。

大助は戸惑った。

小五郎は、風邪を引いて熱があっても、喧嘩をして怪我をしても、学問所を休む事は滅多になかった。

何かあったのかもしれない……。

大助は心配した。

原田小五郎の屋敷は、牛込肴町にある。

大助は、昌平坂学問所を出て神田川沿いの道を小五郎の家に向かった。

水道橋、水戸藩江戸上屋敷、小石川御門の前を通って船河原橋を渡り、牛込御門前の神楽坂をあがる。

神楽坂をあがった処に毘沙門天《びしゃもんてん》で名高い善国寺があり、通り過ぎると肴町だった。

大助は肴町に入った。

肴町の先には旗本屋敷が連なり、小五郎の家である原田屋敷もあった。

小五郎の父親の原田左内は、納戸方の役目に就いていた。

大助は、原田屋敷に向かった。

小五郎が、原田屋敷から飛び出して来た。

大助は声を掛けようとした。

小五郎は、大助に気付かずに駆け去った。

大助は、戸惑いながらも慌てて追った。

「こ、小五郎……」

外濠には蜻蛉《とんぼ》が飛び廻り、水面に幾つもの小さな波紋を作っていた。

小五郎は、堀端に佇んで乱れた息を鳴らした。

大助は、小五郎を追って堀端に出た。

小五郎は息を鳴らし、哀しみに満ちた顔で外濠を見詰めていた。

「小五郎……」

大助は、小五郎に駆け寄った。

「大助……」

小五郎は、大助に気が付いて俯き、涙を零した。

「どうした、何があったのだ小五郎……」

大助は戸惑った。

「父上が、俺の父上が……」

小五郎は、涙声を震わせた。

「小五郎、お父上がどうしたんだ……」

大助は尋ねた。

若宮八幡宮の境内は参拝客も少なく、静けさが漂っていた。

大助は、小五郎と境内の隅にある石段に腰掛けた。

「じゃあ小五郎、お父上は悪事を働いていると云うのか……」

大助は驚いた。

「ああ……」

小五郎は、悔しげな面持ちで頷いた。

「お父上は御納戸方だったな……」

納戸方は、将軍家の金銀、衣服、調度の出納《すいとう》、献上品や下賜品《かしひん》を司《つかさど》る役目だ。

それだけに金品の扱いもあり、出入りの業者との癒着も多いと聞いている。

小五郎の父上である原田左内は、役目に拘る悪事を働いているのかもしれない。

「ああ……」

「どんな悪事を働いているのだ」

「良く分からないけど、臆病風に吹かれて上役の言いなりになり、悪事に荷担しているのだ。それで今、俺は悪い事をするのは止めてくれと頼んだ。そうしたら

「……」

小五郎は鼻水を啜った。

「そうしたら、お父上はどうしたのだ」

「子供のお前は黙っていろと笑ったのだ。普段はもう一人前の大人だなんて云う癖に、俺は悔しくて……」

「そうか……」

「大助。父上は臆病風に吹かれたんだ……」

小五郎は、怒りに震えた。

「臆病風か……」

大助は困惑した。

根岸の里には、水鶏の鳴き声が甲高く響いていた。

雲海坊と由松は、周辺の聞き込みを終えて一色光悦の家で落ち合った。

「で、昨日の昼前、羽織袴の初老の侍が此処から出て行ったのか……」

雲海坊は眉をひそめた。

「ええ。此の先の百姓の父っつぁんが谷中に野菜を売りに行く時、見掛けたそうです」

　由松は告げた。

「羽織袴の初老の侍か……」

「ま、捜すにしても、羽織袴の初老の侍と云うだけじゃあ、捜しようもありませんがね」

　由松は苦笑した。

「うん。だが、一応足取りを追ってみた方がいいんじゃあないかな」

「兄貴もそう思いますか……」

　由松は小さく笑った。

「ああ……」

　雲海坊は頷いた。

「じゃあ、ちょいと追ってみますか……」

「うん。俺は普段どんな奴が此処に出入りしているか調べてみるよ」

　雲海坊と由松は、それぞれやる事を決めて別れた。

　和馬と幸吉は、勇次や新八と本田一学に刀剣商『真心堂』彦兵衛を殺さなければならない理由があるか、目利きの一色光悦と拘りがあるかを調べた。

勇次と新八は、本田屋敷の渡り中間仁吉《にんきち》に眼を付けた。

渡り中間の仁吉は、夜な夜な中間部屋を脱け出して酒を飲みに行っていた。

勇次と新八は、仁吉が酒好きなのに付け込む事にした。

その夜、仁吉は裏神保小路の本田屋敷を脱け出し、飯田町に向かった。

飯田町は、四方を旗本屋敷に囲まれた小さな町方の地だった。

仁吉は、堀留に架かっている俎板橋《まないたばし》を渡って飯田町に入り、居酒屋の暖簾を潜った。

勇次と新八は見届けた。

「どうします……」

新八は、勇次に出方を訊いた。

「仁吉の飲む様子を見計らって行くぜ」

仁吉が好きな酒を飲んで寛《くつろ》いだ時、一気に畳み掛ける……。

勇次は決めていた。

四半刻が過ぎた。

「行くぜ……」

勇次と新八は、居酒屋の暖簾を潜った。

「いらっしゃいませ……」

年増の女将が、勇次と新八を迎えた。

渡り中間の仁吉は、店の隅で美味そうに酒を飲んでいた。

勇次は、女将に酒と料理を頼んで仁吉の隣りに座った。

新八が続いた。

「お邪魔しますよ」

勇次と新八は、仁吉に笑い掛けながら座り、女将の持って来た酒を飲み始めた。

仁吉は、手酌で酒を飲み続けていた。そして、酒を飲む速度が遅くなった。

酒が残り少なくなった……。

勇次は睨んだ。

「やあ、一杯どうですか……」

勇次は、仁吉に徳利を向けた。

「えっ。良いのかい。こいつはすまねえな」

仁吉は、嬉しげに猪口を差し出した。

勇次は、酒を注いでやった。

「戴くよ」

「どうぞ……」

仁吉は、嬉しげに酒を飲んだ。

「ああ、美味い……」

「良かったら、もう一杯……」

新八は、笑顔で仁吉に酌をした。

「そうかい……」

仁吉は、機嫌良く注がれた酒を飲んだ。

「兄い。本田さまのお屋敷の人だね」

勇次は、何気なく切り出した。

「ああ……」

「ちょいと訊きたい事があるんだがね」

勇次は、親しげに笑い掛けた。

「なんだい……」

「本田のお殿さま、名刀を集めているそうだね」

「ああ。あんな人斬り包丁の何処がいいのか、大枚を叩《はた》いて集めているぜ」

仁吉は、金で雇われた渡り中間だけあって本田一学に忠義心はないようだ。

「だったら、一色光悦って刀の目利き、本田屋敷に出入りしていないかな」

「一色光悦って根岸の里の禿頭かい……」

仁吉は、一色光悦を知っていたが、殺された事までは知らない様子だった。

「ああ。どうだい」

「出入りしているぜ……」

「で……」

「刀を持ち込んだり、殿さまの要らなくなった刀を売ったりしているさ……」

仁吉は、新八の酌で酒を飲みながら告げた。

「へえ。殿さまの要らなくなった刀を売っているのかい」

勇次は、その眼を輝かせた。

「ああ。ま、目利きと云うより、使いっ走りって処だよ」

仁吉は酒を飲んだ。

勇次と新八は、目利きの一色光悦と本田一学の拘りを知った。

「処で此の前、雨が降った夜、神楽坂の刀剣商真心堂の旦那が本田さまのお屋敷に行っただろう」

「ああ。気の毒に帰りに殺されちまったぜ」

「うん。その時、本田さまの家中にいつもと違った様子はなかったかな」

勇次は尋ねた。

「さあ。別に気が付かなかったな……」

仁吉は、酔った眼で首を横に振った。

潮時だ……。

勇次は見極めた。

居酒屋は、夜が更けると共に賑わった。

三

翌朝、秋山屋敷に和馬と幸吉が訪れた。

「そうか、本田一学と一色光悦、やはり連んでいたか……」

久蔵は苦笑した。

「はい。勇次と新八が渡り中間から訊き出して来ましてね。一色光悦、本田さまの許に刀を持ち込んだり、本田さまが要らなくなった刀を売り捌《さば》いたりしていたそうです」

幸吉は告げた。

「秋山さま、一色光悦が田辺藩に持ち込んだ贋の備前長船、本田さまの要らなくなった刀だったかもしれませんね」

和馬は読んだ。

「ならば、一色光悦の背後に潜んでいる者は本田一学か……」

久蔵は苦笑した。

「違いますかね」

「いや。おそらく和馬の読み通りだろう。そして、本田が手の者に命じて一色光悦の口を封じたか……」

「はい……」

和馬と幸吉は頷いた。

「うむ。ま、一色光悦殺しはそれで説明がつくが、分からないのは真心堂彦兵衛を何故に殺したのかだな」

久蔵は眉をひそめた。

大助は迷った。
原田小五郎の父上の事を久蔵に相談するかどうか……。
大助は躊躇った。
久蔵に相談すれば、悪事を働いている小五郎の父上は只では済まない。
悪事に厳しい久蔵は、小五郎の父上を目付に突き出すのに決まっている。
そうなれば、小五郎の父上は仕置され、原田家は取り潰される。
小五郎は浪人となり、母上と弟を抱えて巷《ちまた》に放り出されて仕舞う。
大助は、そうなるのを恐れた。
ならばどうする……。
大助は頭を抱えた。
それにしても、小五郎のお父上はどんな悪事を働いているのか……。
大助は想いを巡らせた。
不意に障子が開いた。
「何をしてんです、兄上……」
小春が顔を出した。

「えっ……」

　大助は戸惑った。

「早く行かないと、学問所に遅刻ですよ」

　小春は、弁当を差し出して急《せ》かした。

「お、おう……」

　大助は我に返り、小春から渡された弁当を腰に結んで部屋から飛び出した。

　本田一学は、刀剣商『真心堂』彦兵衛を刀の目利きに屋敷に呼び、その帰りに闇討ちにした……。

　和馬、幸吉、勇次、新八は、本田一学が彦兵衛を殺す理由と闇討ちの証拠を探した。

　雲海坊は、一色光悦の家の掃除洗濯に来ている百姓の婆さんに船橋屋の羊羹《ようかん》を渡した。

「すみませんねえ、私に迄、気を遣って貰って……」

　婆さんは恐縮した。

「いや。気にする程のものじゃあない。それより婆さん、光悦さんに情婦《おんな》はいなかったのかな」

「それがいたんですよ、情婦……」

婆さんは、羊羹の包みを抱えて事も無げに云った。

「やはりな。で、何処の誰かな……」

雲海坊は身を乗り出した。

「根津権現は門前町に住んでいるおくみって三味線のお師匠さんですよ」

婆さんは辺りを窺い、秘密めかして囁いた。

「三味線のお師匠さんのおくみか……」

おくみは何か知っているかもしれない……。

雲海坊は、根津権現門前町に行ってみる事にした。


由松は、一色光悦の家から出て行った羽織袴の初老の侍の足取りを追っていた。

初老の侍の足取りは、容易に摑めなかった。

由松は、粘り強く聞き込みを掛けて懸命に初老の侍の足取りを追った。そして、初老の侍の足取りを谷中から下谷広小路に追った。

下谷広小路から何処に行ったのか……。

由松は、初老の侍の足取りを追った。だが、初老の侍の足取りは、下谷広小路から御成街道を抜け、神田川沿いの道に出た処で途絶えた。

由松は、神田川に架かっている筋違御門の前に立ち尽した。

初老の侍は、神田川沿いを西に行ったのか、東に進んだのか、それとも神田川を渡ったのか……。

見極める手掛りは何もなかった。

此迄だ……。

由松は諦めた。

神田川の流れは煌めいていた。


神楽坂は、晩秋の柔らかな陽差しに輝いていた。

大助は、小五郎が昌平坂学問所に来ていないのを見定め、牛込肴町にある原田屋敷に向かった。

大助は神楽坂をあがり、肴町に入った。

肴町には旗本屋敷が連なり、奥に原田屋敷が見えた。

大助は、原田屋敷を窺いながら近付いた。

小五郎が、原田屋敷から慌ただしく出て来た。

「小五郎……」

大助は、思わず声を掛けた。

「大助……」

小五郎は、大助に気付いて駆け寄って来た。

「どうした……」

「うん。父上が出掛ける……」

小五郎は、その顔に緊張を浮かべていた。

「で、どうするんだ」

大助は戸惑った。

「後を尾行てみる」

小五郎は、己の屋敷を見据えた。

「尾行る……」

大助は眉をひそめた。

「うん……」

小五郎が頷いた時、羽織袴の初老の武士が原田屋敷から出て来た。

「父上だ……」

小五郎は、大助を連れて物陰に隠れた。

納戸方の原田左内は、屋敷を出て神楽坂に向かった。

「じゃあな……」

小五郎は、物陰伝いに父親の左内を追った。

「お、俺も行く……」

大助は、小五郎に慌てて続いた。


原田左内は、肴町を出て神楽坂を下った。

大助と小五郎は、充分に距離を取って慎重に尾行た。

行く手に見える外濠は、淡い輝きを放っていた。


根津権現門前町の外れに、三味線の師匠のおくみの家はあった。

「あの家ですよ……」

木戸番は、『三味線教授致します』と書かれた木札を下げた家を指差した。

おくみの家からは、三味線の爪弾きが洩れていた。

「で、おくみ、一人暮らしなのかい……」

雲海坊は、案内してくれた門前町の木戸番に尋ねた。

「飯炊きの婆さんと二人暮らしですよ」

「そうか。三味線の弟子はどうなんだい」

「ま、色っぽい女ですからね。大店の旦那や御隠居、若旦那。いろいろいるようですよ」

木戸番は笑った。

「いろいろね……」

雲海坊は苦笑し、おくみの家を訪ねた。

「えっ。光悦の旦那、殺されたんですか……」

おくみは驚いた。

「ああ。知らなかったのかい……」

雲海坊は戸惑った。

「ええ。私は月に五日逢う約束でお手当を貰っていましてね。それ程、深い拘りじゃありませんよ」

おくみは、光悦に惚れている訳ではないのか、小さな笑みを浮かべた。

妾稼業《めかけかぎょう》の女は、一度に何人かの旦那を持つ事もあった。

「そうかい。で、一色光悦の家で誰かに逢った事はなかったかな」

「滅多になかったけど、二、三度逢ったお侍さまがいましたよ」

「そいつは、どんな侍だい……」

「確か御納戸方の原田さまとか仰るお侍さまでしたよ」

「御納戸方の原田さま……」

「ええ……」

「その原田さま、どんな人相風体だった」

「羽織袴の初老のお侍でしたよ」

羽織袴の初老の侍……。

御納戸方の原田は、一色光悦が殺された日に訪れていた羽織袴に初老の侍なのかもしれない。

「そうか。御納戸方の原田さまか……」

雲海坊は、漸く手掛りを摑んだ。

原田左内は、外濠に架かっている牛込御門を渡り、内濠に架かる田安御門に進んだ。

大助と小五郎は尾行た。

原田左内は、田安御門前を九段坂に曲がった。そして、堀留に架かっている俎板橋を渡って裏神保小路に進んだ。

大助と小五郎は追った。


裏神保小路の本田一学の屋敷に変わった事はなかった。

幸吉、勇次、新八は見張っていた。

「親分、兄貴……」

新八は、やって来る羽織袴の初老の男を示した。

幸吉、勇次、新八は、物陰から見守った。

羽織袴の初老の男は、本田屋敷表門脇の潜り戸に近付いた。

「本田家の家来ではないようですね」

勇次は眉をひそめた。

「うん。御納戸方の配下の者かもしれないな」

羽織袴の初老の侍は、中間の仁吉に誘われて本田屋敷に入って行った。

幸吉、勇次、新八は見送った。

前髪立ての二人の若い侍が、本田屋敷の前に駆け寄った。

「あれ……」

新八は戸惑った。

「大助さまだ」

勇次は、二人の若い侍の一人が大助だと気が付いた。

「ああ……」

幸吉は頷き、大助を見守った。

「何をしてんですかね」

新八は眉をひそめた。

「羽織袴の初老の侍を尾行て来たようだ」

勇次は読んだ。

「うむ……」

幸吉は、厳しさを過ぎらせた。

「どうします。声を掛けますか……」

新八は、指示を仰いだ。

「いや。何をしているのか見定めてからだ」

幸吉は命じた。


「此処か……」

大助は、本田屋敷を見上げた。

「うん。父上の上役の御納戸頭、本田一学さまの屋敷だ」

小五郎は、本田屋敷を睨み付けた。

「じゃあ、御納戸頭の本田一学さまが悪事を働いているのか……」

大助は眉をひそめた。

「うん。父上は臆病風に吹かれて、その悪事に荷担しているんだ」

小五郎は、悔しげに告げた。

「悪事か……」

大助は、微かな吐息を洩らした。

四半刻が過ぎた。

本田屋敷の潜り戸が開いた。

大助と小五郎は物陰に隠れた。

原田左内が潜り戸から現れ、来た道を戻り始めた。

「追うぞ、大助……」

「う、うん……」

小五郎と大助は、原田左内を追った。

「よし。勇次、此処を頼む。俺は新八と大助さまを追ってみる」

幸吉は告げた。

「承知……」

勇次は頷いた。

幸吉は、新八を伴って大助たちを追った。

原田左内は、雉子橋《きじばし》通りを南に進んで雉子橋御門を渡り、平河御門を潜った。

「此処迄だな……」

大助は足を止めた。

「うん……」

小五郎は、父親の原田左内が入って行った平河御門を見詰めた。

平河御門から先は御城内であり、御先手頭と与力同心が詰めていた。

「お父上は出仕したようだな」

「うん……」

小五郎は、微かな安堵を浮かべて頷いた。

「帰ろう……」

大助は促し、踵《きびす》を返した。

小五郎は続いた。

幸吉と新八は、物陰から見送った。

「どうします、親分……」

「新八、二人を追って大助さまと一緒の前髪が何処の誰か突き止めろ」

幸吉は命じた。

「合点です」

新八は、大助と小五郎を追った。

大助は何をしているのか……。

大助たちが追う羽織袴の初老の侍は、御納戸方の誰なのか……。

そして、大助のしている事を久蔵に伝えるべきなのか……。

幸吉は迷った。

だが、迷いは直ぐに消えた。


日が暮れた。

秋山屋敷には明かりが灯された。

主の久蔵が戻り、秋山屋敷の夕食が始まった。

秋山家では、主の久蔵、奥方の香織、嫡男の大助、娘の小春、そして奉公人の与平、太市、おふみが居間に続く台所の板の間で揃って夕食を食べる。

主家族と奉公人が一緒に夕食を食べるのは、久蔵の父親の代からの秋山家の家風なのだ。

夕食は楽しく終わった。

「旦那さま……」

香織は、夕食を終えた久蔵に茶を淹れて差し出した。

「うむ……」

久蔵は、食後の茶を飲んだ。

大助は、一人未だ夕食を食べ続けていた。

「はい。大助さま……」

おふみが、生卵の入った小鉢を大助に差し出した。

「ありがとう、おふみちゃん……」

大助は、おふみに礼を云って嬉しげに卵掛け御飯を食べ始めた。

「大助、食べ終えたら私の部屋に来い」

久蔵は、茶を飲み終えた。

「えっ。はい、心得ました」

大助は、戸惑いながらも頷いた。

久蔵は、湯呑茶碗を膳に置いて自室に戻って行った。

「何したの、兄上……」

小春は、大助の顔を覗き込んだ。

「何って、俺は何もしちゃあいないよ」

大助は、卵掛け御飯を食べた。

「でもお父上、何だか恐い顔していたよ」

小春は脅かした。

「恐い顔……」

大助は、思わず箸《はし》を止めた。

「ええ。何か悪い事でもしたんでしょう」

「わ、悪い事……」

大助は狼狽えた。

「やっぱり……」

小春は眉をひそめた。

「冗談じゃあない。俺は悪い事なんかしちゃあいない」

「兄上、隠している事があるなら、早く云っちゃった方が良いと思うな。相手は恐ろしい剃刀《かみそり》久蔵なんだから……」

小春は、大助をからかった。

「剃刀久蔵か……」

大助は、卵掛け御飯を食べながら微かに身震いをした。

「いい加減になさい、小春……」

香織が小春を窘めた。

「はい……」

小春は、悪戯《いたずら》っぽく笑った。

「大助、お前もいつ迄も食べていないで、早くお父上の処に行きなさい」

香織は命じた。

「は、はい……」

大助は、卵掛け御飯を慌てて食べ終え、久蔵の許に急いだ。

燭台の火は揺れた。

大助は、緊張した面持ちで障子を閉めて久蔵の前に座った。

「父上、何の御用ですか……」

「大助、お前、何をしているのだ」

久蔵は、大助を見据えた。

「えっ……」

大助は戸惑った。

「何故、原田小五郎と納戸方の初老の武士を尾行ていたのだ」

久蔵は、小五郎の父親の原田左内を尾行した事を知っている。

大助は驚いた。

「大助……」

「は、はい……」

「納戸方の初老の武士、名は何と申すのだ」

「はい。あの人は原田左内さまと申しまして、小五郎の父上です」

「原田小五郎の父親……」

久蔵は聞き返した。

「はい……」

「ならば、原田小五郎は己の父親を尾行ていたのか……」

久蔵は眉をひそめた。

「そうです……」

「大助、仔細を話してみろ……」

「父上、小五郎は自分の父上が上役の悪事に荷担しているので、何とか止めて貰おうとしているのです」

「原田左内が上役の悪事に荷担している……」

「はい。臆病風に吹かれて……」

「上役とは納戸頭の本田一学か……」

「ち、父上……」

大助は、久蔵が知っているのに困惑した。

納戸方の原田左内……。

久蔵は、意外な成行きに思わず苦笑を浮かべた。

四

「納戸方の原田……」

久蔵は眉をひそめた。

「はい。雲海坊の調べでは、殺された目利きの一色光悦の家を時々訪れていたようです」

幸吉は告げた。

「そうか。原田がな……」

「納戸方の原田さまを御存知なんですか……」

「幸吉、昨日、大助たちが尾行ていた初老の侍が納戸方の原田左内だ」

「あの侍が……」

幸吉は眉をひそめた。

「ああ。そして昨日、大助と一緒にいた原田小五郎の父上だ」

久蔵は教えた。

「えっ。じゃあ、倅が父親を尾行ていたのですか……」

幸吉は驚き、戸惑った。

「ああ……」

久蔵は苦笑した。

「どう云う事ですか……」

控えていた和馬は困惑した。

「うん。実はな……」

久蔵は、大助に聞いた事の次第を和馬と幸吉に告げた。

「父親が上役の悪事に荷担しているのを止めさせたい倅ですか……」

和馬と幸吉は、顔を見合わせた。

「ああ。健気《けなげ》なものじゃあねえか……」

久蔵は笑った。

「は、はい。ですが、原田左内は刀剣商の真心堂彦兵衛や目利きの一色光悦を手に掛けた疑いのある者。倅が健気だからと申して詮議の手を緩める訳には参りません」

和馬は、厳しさを過ぎらせた。

「うむ。和馬の云う通りだ」

久蔵は頷いた。

「では……」

和馬は身を乗り出した。

「先ずは、俺が原田左内に逢ってみるよ」

「一人でですか……」

和馬は眉をひそめた。

「ああ。南町奉行所吟味方与力としてではなく、大助の父として原田小五郎の父にな」

久蔵は微笑んだ。

平河御門から御役目に就いている者たちが下城していた。

納戸方の原田左内は、平河御門を出て雉子橋御門を渡り、外濠に架かっている牛込御門に向かった。

飯田町を抜け、尚も進むと外濠に出る。

原田は進んだ。そして、外濠の堀端に出た時、歩みを止めて振り返った。

塗笠を被った着流しの久蔵がいた。

原田は、塗笠を被った着流しの久蔵を眼を細めて見詰めた。

「私に何か御用かな……」

原田は、雉子橋御門から塗笠を被った着流しの侍が尾行て来るのに気付いていた。

「原田左内どのですな……」

「如何にも、おぬしは……」

原田は、僅かに身構えた。

「秋山久蔵、小五郎どのと学問所で一緒の秋山大助の父です」

久蔵は名乗り、塗笠を取った。

「秋山久蔵どの……」

「左様……」

「して、小五郎の友のお父上が何用ですか……」

原田は、久蔵に怪訝な眼差しを向けた。

「原田どの、我が倅の大助、お喋り者でしてな。友の小五郎どのが、お父上の事を心配し、悩んでいると申しましてな……」

「秋山どの、それはおぬしとは拘りのない原田家の事です」

原田は、穏やかに微笑んだ。

「如何にも仰る通りです。だが、小五郎どのは、父上のおぬしが悪事に荷担するのを止めて欲しいと願っている」

「秋山どの……」

原田は、緊張を滲ませた。

「原田どの、もし、小五郎どのが心配している通り悪事に荷担しているなら……」

「秋山どの……」

原田は遮った。

久蔵は、原田を見据えた。

「小五郎が私を心配しているのは知っています。昨日も大助どのと私を尾行て来たのもね」

原田は苦笑した。

「でしょうな……」

久蔵に気が付いた原田が、大助と小五郎の尾行に気が付かない筈はないのだ。

「秋山どの、私は納戸方の役目に就いておりましてな。上役の納戸頭が名のある刀を手立てを選ばずに集めていて……」

上役の納戸頭は本田一学であり、原田はその悪事を語り始めたのだ。

「手立てを選ばず……」

久蔵は促した。

「左様。脅したり賺したり、金で片が付かなければ、家来に無理矢理奪わせる……」

原田は、冷ややかな笑みを浮かべた。

「強盗ですか……」

「そして、近頃は名刀を買う資金が減り、贋物の名刀を作っては高値で売り付けていましてな」

「騙《かた》り……」

「ええ。それで悪辣《あくらつ》なのは、目利きや刀剣商に折紙や箱書を書かせるのですが、断ると直ぐさま口を封じる……」

原田は、微かな怒りを滲ませた。

「人殺し……」

刀剣商『真心堂』彦兵衛は、贋物の名刀の折紙と箱書を書くのを断って本田一学に殺されたのだ。

久蔵は読んだ。

「それで私は、その納戸頭に取り入り、そうした悪事の証拠を集めているのです」

原田は告げた。

「ならば……」

久蔵は、原田を見据えた。

「私は、小五郎が心配しているような真似はしていない……」

原田は、久蔵を見返した。

嘘偽りはない……。

久蔵は見定めた。

「そうですか……」

「ええ。既に事の次第を書き記した覚書もありますし、何もかも御目付どのに報せ、評定所に訴え出ます」

「ならば、早いほうが良いでしょう」

久蔵は勧めた。

「分かりました。これ以上、小五郎に心配を掛けたくありませんし、疑われるのも辛いですからね」

原田は微笑んだ。

臆病風に吹かれてはいない……。

久蔵は笑った。

晩秋の風が吹き抜け、幾筋もの小波が走った。

本田屋敷の潜り戸が開いた。

和馬、幸吉、勇次、新八は、物陰に身を隠した。

四人の家来が潜り戸から現れ、足早に雉子橋通小川町に向かった。

「和馬の旦那……」

「うむ。追うよ……」

和馬は、四人の家来たちを追った。

「勇次、此処を頼む」

「はい……」

勇次は頷いた。

「新八、一緒に来い……」

幸吉は、新八を連れて和馬に続いた。

四人の家来は、堀留に架かっている俎板橋を渡り、九段坂から牛込御門に向かった。

和馬、幸吉、新八は追った。

「何処に行くんですかね……」

新八は眉をひそめた。

「さあな……」

和馬、幸吉、新八は、足早に行く四人の家来を追った。

　夕陽は原田屋敷を赤く照らした。

　足早に来た本田家の家来の一人が、原田屋敷の木戸門を叩いた。

「本田家中の者ですが、原田左内さまはおいでになりますか」

　家来は告げた。

　原田左内が屋敷から出て来た。

「原田さま……」

「おお、西尾《にしお》どの、どうした……」

「はい。主が急ぎお越し願いたいとの事です」

　本田の家来の西尾は告げた。

「ほう。本田さまが……」

「はい……」

「心得ました。直ぐに仕度をする」

　原田は、西尾を待たせて屋敷に戻った。

　幸吉は、物陰から見守った。

　西尾は、若宮八幡宮に他の家来たちを残し、一人で原田屋敷にやって来た。

　幸吉は、若宮八幡宮に残った三人の家来を見張る和馬と新八と別れ、西尾を追って来たのだ。

「お待たせした」

原田左内が、羽織袴で屋敷から出て来た。

「では……」

西尾は、外濠に向かった。

原田は続いた。

幸吉は、追い掛けようとした。

「待て……」

塗笠を被った着流しの久蔵が現れた。

「秋山さま……」

幸吉は戸惑った。

久蔵は、原田屋敷の木戸門を示した。

木戸門から小五郎が現れ、西尾と原田を追った。

「行くぜ」

久蔵は、小五郎を遣り過ごして追った。

幸吉は続いた。

久蔵は、本田一学の動きを警戒して原田屋敷を見張っていたのだ。

「本田の家来は他にもいるのか……」

「はい。若宮八幡宮に三人。和馬の旦那と新八が見張っています」

「若宮八幡宮か。よし……」

久蔵と幸吉は追った。


若宮八幡宮は夕闇に覆われていた。

「こちらです……」

西尾は、原田を若宮八幡宮の境内に誘って来た。

「本田さまは此方にいらっしゃるのか……」

原田は眉をひそめた。

「はい……」

西尾は、暗い境内を見廻した。

本田の三人の家来が現れ、西尾と共に原田を取り囲んだ。

「何の真似だ……」

原田は身構えた。

「我が主に取り入り、いろいろと探ったようですな」

西尾は嘲笑《あざわら》った。

「本田さまが私の命を奪い、口を封じろと命じられたか……」

原田は、西尾を見据えた。

「黙れ……」

西尾は、原田に斬り付けた。

原田は、咄嗟《とっさ》に跳び退いた。

刹那、背後にいた家来が原田の背を袈裟懸けに斬った。

原田の背から血が飛んだ。

「おのれ……」

原田は、振り向き態《ざま》に抜き打ちを放った。

背後にいた家来は、下腹を横薙ぎに斬られて倒れた。

西尾たちが原田に迫った。

原田の背から血が滴《したた》り落ちた。

「父上……」

小五郎が駆け寄り、原田に寄り添った。

「何をしに来た、小五郎……」

原田は困惑し、怒った。

「父上……」

小五郎は、原田の背後を護るように立って刀を抜いた。

「小倅が、父子共々に斬り棄ててやる」

西尾たちは嘲笑《ちようしよう》を浮かべ、原田と小五郎父子に迫った。

小五郎は、初めての斬り合いに刀の鋒《きつさき》を小刻みに震わせた。

「小五郎、私が斬り込む隙に逃げろ」

原田は囁いた。

「父上……」

小五郎は、哀しげに原田を見た。

西尾たち家来は、原田父子に斬り掛かった。

「行け……」

原田は、小五郎に命じて猛然と斬り結んだ。

刹那、呼び子笛の音が夜空に響き渡った。

西尾たちは驚いた。

久蔵、和馬、幸吉、新八が暗がりから現れた。

「手前らが真心堂の彦兵衛や目利きの一色光悦を殺したのだな」

久蔵は、西尾たちを厳しく見据えた。

西尾たち三人の家来は怯んだ。

原田と小五郎は戸惑った。

久蔵は原田と小五郎を庇うように立ち、和馬、幸吉、新八が西尾たち三人の家来の背後を塞いだ。

「秋山どの……」

「原田さん、良い倅を持ったな……」

久蔵は笑い掛けた。

「秋山どの……」

原田は嬉しげな笑みを浮かべ、崩れるように片膝をついた。

斬られた背中から血が流れた。

「父上……」

小五郎は焦った。

「小五郎、ちょいと待っていな。此奴らを片付けて父上を医者に連れて行くよ」

「はい……」

小五郎は、久蔵に縋る眼を向けて頷いた。

「みんな、容赦は要らねえ。さっさとお縄にするぜ」

「ま、待て、我らは旗本本田家家中の者、町奉行所の縄目の恥辱《ちじょく》を受ける謂われはない」

西尾は、刀を構えて声を震わせた。

「一人前の事を抜かすんじゃあねえ。此の事を本田一学が知れば、主家の名を出した愚か者と、暇を出すのに決まっている。さすればお前たちは立派な浪人……」

久蔵は嘲笑った。

「黙れ……」

西尾は、久蔵に斬り掛かった。

久蔵は、抜き打ちの一刀を放った。

閃光が走った。

西尾は、利き腕から血を飛ばして刀を落とした。

久蔵は、刀を素早く峰に返し、西尾の首の付け根を鋭く打ち据えた。
西尾は、気を失って崩れ落ちた。
残る二人の家来は、逃げようとした。
和馬、幸吉、新八は、逃げようとした二人の家来に襲い掛かった。
二人の家来は、刀を振り廻して抗った。
幸吉と新八は、目潰しを投げた。
目潰しは二人の家来の顔に当たり、白い粉を撒き散らしてその眼を潰した。
二人の家来は、激しく狼狽えた。
和馬は、狼狽える二人の家来を十手で容赦なく打ち据えた。
二人の家来は、気を失って倒れた。
「小五郎、お父上は臆病風に吹かれちゃあいなかったな」
久蔵は微笑んだ。
「はい……」
小五郎は頷いた。
「よし。幸吉、新八、原田どのを医者に運んでやってくれ」
久蔵は命じた。

「承知……」

幸吉と新八は、気を失っている原田を担いで小五郎と共に駆け去った。

「馬鹿な真似をしやがって。残るは本田一学ですね……」

和馬は嘲笑を浮かべた。

「ああ。此奴らを厳しく責め、彦兵衛と一色光悦殺しは、本田一学に命じられての所業だと吐かせてやる」

久蔵は、冷たく云い放った。

久蔵と和馬は、西尾たち本田の家来を厳しく詮議した。

西尾たち家来は、本田一学に命じられて彦兵衛と一色光悦を殺した事を白状した。

久蔵は、目付の榊原蔵人に事の次第を報せた。そして、納戸方原田左内に本田一学の悪事を書き記した覚書を提出させた。

榊原蔵人は、納戸頭本田一学の一件を評定所に持ち込んだ。

評定所は、本田一学に切腹を命じ、本田家を取り潰すだろう。

原田左内の背中の傷は癒えた。

評定所は、原田左内をお咎《とが》めなしとした。

だが、左内は納戸方の役目を辞し、自ら小普請組《こぶしんぐみ》入りをした。そこには、証拠を摑む為とは云え、本田一学の悪事を見逃した事に対する自戒があった。

潔い男だ……。

久蔵は笑った。

大助と小五郎は、今日も昌平坂学問所の帰りに神田明神門前町の一膳飯屋で汁かけ飯を搔き込んでいた。

晩秋の風は冷たく吹き抜けた。

第四話

面汚し

一

初冬。

行き交う人々は、着物の襟を深く重ねて足早になる。

神田明神の境内は参拝客で賑わっていた。

南町奉行所定町廻り同心の神崎和馬は、岡っ引の柳橋の幸吉や下っ引の勇次と神田明神境内の茶店で温かい茶を飲んでいた。

質素な身形《みなり》の娘が風呂敷包みを抱え、向い側に店を出している甘酒屋の横に足早に入った。

派手な半纏を着た遊び人と羽織を着た若旦那風の男が、やはり足早にやって来た。

遊び人と若旦那は、境内を行き交う人々の中に誰かを捜し始めた。

「親分……」

勇次は、眉をひそめて幸吉に遊び人と若旦那を示した。

「うん……」

幸吉は、遊び人と若旦那を見守った。

「若旦那と遊び人か……」

和馬は、誰かを捜している若旦那と遊び人に気が付いていた。

「ええ……」

幸吉は頷いた。

遊び人は、質素な身形の娘が甘酒屋の横にいるのに気が付き、若旦那に何事かを告げた。

若旦那は頷き、甘酒屋の横にいる質素な身形の娘に近付いた。

質素な身形の娘は、若旦那が来る前にその場を離れて鳥居に向かった。

遊び人は、素早く質素な身形の娘の行く手を塞いだ。

質素な身形の娘は、風呂敷包みを抱えて立ち竦んだ。

「和馬の旦那……」

幸吉は眉をひそめた。

「ああ……」

和馬は頷いた。

「勇次……」

幸吉は、質素な身形の娘を囲む若旦那と遊び人に向かった。

勇次は続いた。

「父っつぁん……」

和馬は、茶店の老亭主を呼んだ。

「へい。何でしょうか……」

老亭主が、茶店の奥から出て来た。

「あの若旦那と遊び人、何処の誰か知っているかな」

和馬は尋ねた。

「ねっ、お舞《まい》ちゃん。ちょいとで良いんだ。お茶でも一緒に飲まないかな……」

若旦那は、薄笑いを浮かべて質素な身形の娘を誘った。

「いえ。先を急ぎますので……」

お舞と呼ばれた質素な身形の娘は、強張った面持ちで断った。

「お舞さん、折角の若旦那のお誘いだよ。ちょいとぐらい良いじゃあねえか……」

遊び人は、薄笑いを浮かべた。

「いえ……」

お舞は、風呂敷包みを抱えて立ち去ろうとした。

「待ちな……」

遊び人は声を尖《とが》らせ、お舞の手を摑んだ。

「何をするんです」

お舞は振り払った。

遊び人はよろめいた。

「手前、下手に出れば……」

遊び人は、お舞を睨み付けて凄んだ。

お舞は怯え、後退った。

「何をしてんだい……」

幸吉が現れ、お舞を庇うように遊び人と向き合った。

「何だ、手前……」

遊び人は凄んだ。

「お前こそ、何処の三下だい……」

幸吉は苦笑した。

「何……」

遊び人は、幸吉の胸倉を摑もうと腕を伸ばした。

幸吉は、遊び人の伸ばした腕を摑んで捻り上げた。

遊び人は、短い悲鳴をあげて顔を歪めた。

若旦那は、驚いて後退りをした。

勇次が背後に現れ、若旦那を押さえた。

若旦那は顔色を変えた。

「此の娘さんに何の用だい……」

幸吉は、遊び人を放して十手を見せた。

「これは親分さんでしたか、娘さんに用があるのは若旦那でして……」

遊び人は、捻られた腕を撫でながら若旦那を見た。

「わ、私はお舞ちゃんと、お茶が飲みたいだけでして……」

若旦那は、激しく狼狽えた。

質素な身形の娘の名は、舞……。

幸吉と勇次は知った。

「そうかい。だけど、娘さんは急ぎの用があるそうだ。お茶を飲むのは諦めるんだな」

幸吉は、若旦那に笑い掛けた。

「は、はい。諦めます。では、御無礼致しました」

若旦那は怯えた顔で頷き、幸吉に何度も頭を下げて参道に向かった。

遊び人が続いた。

「怪我はないかい……」

幸吉は、〝お舞ちゃん〟と呼ばれた質素な身形の娘に声を掛けた。

「は、はい。お陰さまで。お助け下さいまして、ありがとうございました」

お舞は、幸吉と勇次に礼を述べた。

「いや。で、あの若旦那と遊び人は何処の誰だい」

「はい。若旦那さまは、上野元黒門町の小間物問屋弁天屋《べんてんや》の宇之吉《うのきち》さんです」

お舞は、眉をひそめて告げた。

「宇之吉か。で、遊び人は……」

「さあ……」

お舞は首を捻った。

「遊び人は、仙八《せんぱち》って半端な博奕打ちだそうだ」

和馬がやって来た。

「半端な博奕打ちの仙八ですかい……」

「うむ。茶店の父っつぁんが知っていたよ」

「そうですか……」

「で、若旦那は……」

「元黒門町の小間物問屋弁天屋の宇之吉って野郎だそうです」

「弁天屋の宇之吉。お前さんに惚れているようだな」

和馬は、お舞に笑い掛けた。

「お役人さま、私、宇之吉さんに付き纏われて、困っているんです。迷惑しているんです」

お舞は訴えた。

「今日のような事は初めてじゃあないのかい」

幸吉は眉をひそめた。

「はい。今迄に何度も……」

お舞は、哀しげに頷いた。

「そいつは大変だな。で、お前さん、名と住まいは何処だ」

和馬は尋ねた。

「私は三枝《さえぐさ》舞と申しまして、入谷は長兵衛長屋に住んでいます」

「三枝舞さん、入谷の長兵衛長屋だね」

和馬、幸吉、勇次は、お舞が浪人の娘だと気が付いた。

「はい……」

「よし。弁天屋の宇之吉には、二度とお前さんに近付かないように、厳しく云い聞かせておくよ」

和馬は告げた。

「宜しくお願い致します」

お舞は、和馬に深々と頭を下げた。

「じゃあ柳橋の、弁天屋に行ってみるか……」

「はい。勇次、お舞さんを入谷に送ってくれ。俺は旦那のお供をするよ」

幸吉は告げた。

「承知しました。じゃあ……」

勇次は頷き、お舞を促して参道に向かった。

お舞は何度も振り返り、何度も頭を下げて立ち去って行った。

「浪人の娘さんですか……」

幸吉は見送った。

「うむ。じゃあ、弁天屋に行くか……」

和馬は、幸吉と共に上野元黒門町に向かった。


下谷広小路は、東叡山寛永寺や不忍池弁財天の参拝客や買物客などで賑わっていた。

上野元黒門町の小間物問屋『弁天屋』は、不忍池の傍にあった。

「お邪魔しますぜ……」

幸吉は、和馬と共に小間物問屋『弁天屋』の暖簾を潜った。

小間物問屋『弁天屋』の店内には、白粉《おしろい》の匂いが微かに漂っていた。

「おいでなさいませ……」

近くにいた手代が、幸吉と和馬を迎えた。

「若旦那の宇之吉さんはいますかい……」

幸吉は尋ねた。

「えっ。はい、少々、お待ち下さい」

手代は、足早に店の奥に入って行った。

「宇之吉、戻っていないようですね」

幸吉は読んだ。

「うむ……」

和馬は頷いた。

「お待たせ致しました。弁天屋の主の宇兵衛《うへえ》にございます」

羽織を着た初老の旦那が中年の番頭を従え、緊張した面持ちで奥から出て来た。

「こりゃあ旦那の宇兵衛さんにございますか、こちらは南町奉行所の神崎さま。

あっしは柳橋の幸吉と申します」

「はい……」

「若旦那の宇之吉さんは……」

「そ、それが宇之吉は、生憎《あいにく》出掛けておりまして……」

宇兵衛は恐縮した。

「そうか……」

和馬は眉をひそめた。

「神崎さま、親分さん、どうぞ、どうぞお上がり下さいませ。番頭さん……」

宇兵衛は、中年の番頭に和馬と幸吉を座敷に案内するように促した。

倅の宇之吉は、いつかお上のお世話になるかもしれない……。

父親の宇兵衛は、恐れていた事が起こったと狼狽えている。

和馬と幸吉は、宇兵衛の腹の内を読んだ。

座敷からは不忍池が眺められた。

和馬と幸吉は、出された茶を飲んだ。

「それで、神崎さま、親分さん、宇之吉にどのような御用にございますか……」

宇兵衛は、恐る恐る尋ねた。

「うむ。そいつなのだが宇兵衛。若旦那の宇之吉、或る娘にしつこく付き纏って迷惑を掛けているのだ……」

和馬は、厳しい面持ちで告げた。

「えっ……」

宇兵衛は驚いた。

「娘は困り果てていてな。宇之吉には二度と娘に近付くなと言い付けたのだが……」

「お、畏れ入りましてございます」

宇兵衛は身を縮めた。

「で、もし、言い付けを破り、再び娘に付き纏った時は、お縄にして牢屋敷送りにすると申し渡しに来たのだが……」

「牢屋敷送り……」

宇兵衛は、微かに震えた。

「如何にも。そうか、宇之吉は未だ戻ってはおらぬか……」

和馬は、腹立たしげに告げた。

「申し訳ございません」

宇兵衛は、控えていた番頭と共に平伏した。

「宇兵衛、その方も父親として宇之吉に厳しく意見し、その娘に二度と付き纏わぬよう申し渡せ……」

「はい。仰る迄もなく……」

「よし。ならば万が一の時は、その方も父親として責めを負って貰う。篤《とく》と肝に銘じておくのだな。馳走になった」

和馬は、立ち上がろうとした。

「お待ち下さい、神崎さま……」

宇兵衛は、和馬を呼び止めた。

番頭が、袱紗《ふくさ》を掛けた三方《さんぼう》を差し出した。

「此を……」

宇兵衛は、袱紗を掛けた三方を和馬に差し出した。

「何だ……」

和馬は、眉をひそめて三方に掛けられた袱紗を取った。

袱紗の下には、十枚の小判があった。

「どうか、お納めを……」

宇兵衛は、今迄とは別人のような狡猾な笑みを浮かべた。

人を馬鹿にした遣り口だ……。

「宇兵衛、嘗《な》めた真似をしたな」

和馬は苦笑した。

「か、神崎さま……」

宇兵衛は戸惑った。

「お前さんの本性、確《しか》と見せて貰ったよ」

和馬は、宇兵衛を冷たく一瞥して座敷を出て行った。

「お邪魔しましたね」

幸吉は、宇兵衛に会釈をして続いた。

「か、神崎さま……」

宇兵衛と番頭は、慌てて和馬と幸吉を追った。

和馬と幸吉は、小間物問屋『弁天屋』から出て来た。

「宇兵衛、若旦那の宇之吉の不始末、今迄にも随分と金で揉み消して来たんでしょうね」

幸吉は睨んだ。

「ああ。大人しく畏れ入り、最後に金で横っ面を張り飛ばす。強《したた》かで狡猾な奴だ」

和馬は吐き棄てた。

「ええ。宇兵衛と宇之吉、父子揃って陸《ろく》な奴じゃありませんぜ」

幸吉は眉をひそめた。

「それにしても小判を差し出すとはな。多いのだろうな。小判に眼を眩ませる町奉行所の同心も……」

和馬は苦笑いをした。

「和馬の旦那……」

「よし。幸吉、弁天屋をちょいと洗ってやろうじゃあないか……」

「ええ……」

和馬と幸吉は、小さな笑みを浮かべた。

入谷鬼子母神の横手に古い長兵衛長屋があった。

「ありがとうございました。此処です……」

お舞は、古い長屋の木戸で立ち止まった。

「長兵衛長屋ですか……」

「はい……」

勇次は、長兵衛長屋の木戸や井戸端を窺った。

散り遅れた枯葉が舞うだけで、怪しい奴はいない……。

勇次は見定めた。

「お舞さん、家族は……」

「父と二人暮らしです」

「お父上さまと……」

「はい。父は上総《かずさ》浪人で、家で雨城楊枝《うじようようじ》を作っております」

「へえ、雨城楊枝ですか……」

雨城楊枝は黒文字とも呼ばれ、上総国久留里《くるり》藩の武士が内職で作っていた物である。久留里城は別名〝雨城〟とも呼ばれ、雨城楊枝と云う名の由来になった。

「はい。あのう……」

「何ですか……」

「又、何かあった時は、どちらに御報せすれば宜しいのでしょうか……」

お舞は、心配げに眉をひそめた。

「ああ。親分は柳橋の幸吉、あっしは勇次と云いましてね。何かあれば、柳橋の笹舟って船宿に報せて下さい。それから、同心の旦那は南町奉行所の神崎和馬さまです」

「柳橋の幸吉親分に勇次さん。それに南町奉行所の神崎和馬さま……」

お舞は、自分に言い聞かせた。

「ええ。じゃあ、あっしはこれで……」

「お世話になりました」

お舞は、深々と頭を下げて勇次を見送った。

枯葉が一枚、音もなく舞い散った。


幸吉は、勇次と新八に小間物問屋『弁天屋』の見張りと、宇兵衛と宇之吉父子の評判を調べさせた。そして、雲海坊に半端な博奕打ちの仙八を調べさせた。

「親分、入谷のお舞さんに用心棒を付けた方が良いんじゃありませんかね」

勇次は眉をひそめた。

「用心棒か……」

「ええ。宇之吉や仙八、馬鹿な真似をするかもしれませんからね……」

勇次は心配した。

「じゃあ、由松に頼むか……」

「はい。由松の兄貴なら腕も立ちますし、安心ですね」

勇次は賛成した。

「よし……」

幸吉は、しゃぼん玉売りの由松に入谷長兵衛長屋を見張らせる事にした。


「畏れ入ったと下手に出ておいて、最後に金で横っ面を張り飛ばすか……」

南町奉行所吟味方与力の秋山久蔵は、和馬の話を聞いて苦笑した。

「ええ。倅が陸でなしなら、親父も人を嘗めた狡猾な野郎ですよ」

和馬は吐き棄てた。

「して、和馬は親父の弁天屋宇兵衛に金で横っ面を張られた同心がいると睨んだか……」

「はい。私に小判を差し出した時の眼付きは、どうせ町奉行所の同心など、金を与えれば喜ぶと、犬に餌《えさ》をくれてやるようなものでしたよ」

「今迄にも、同心に金を渡して、宇之吉の不始末を揉み消しているか……」

「ええ。何処の同心か知りませんがね」

和馬は、腹立たしげに頷いた。

「柳橋もそう見たか……」

久蔵は、控えていた柳橋の幸吉に訊いた。

「はい。和馬の旦那の見立てに間違いはないと思います」

幸吉は頷いた。

「宇之吉の所業も放ってはおけぬが、宇兵衛に丸め込まれている同心がいるなら、もっと放ってはおけぬか……」

久蔵は、小さな笑みを浮かべた。

「はい……」

和馬と幸吉は頷いた。

「よし。探ってみな」

「構いませんか……」

和馬は、嬉しげな笑みを浮かべた。

「勿論だ。で、金を貰って宇之吉の所業を見逃している同心がいるなら、北でも南でも遠慮無くお縄にするんだな」

久蔵は命じた。

二

勇次と新八は、菓子屋の二階を借りて斜向いの小間物問屋『弁天屋』を見張り、主の宇兵衛と若旦那の宇之吉の評判の聞き込みを開始した。

雲海坊は、半端な博奕打ちの仙八を捜し始めた。

由松は、入谷長兵衛長屋に偶々《たまたま》あった空き家を借り、お舞の護りに付いた。

お舞は仕立物の仕事をし、雨城楊枝を作っている上総浪人の父親、三枝宗十《そうじゅう》郎《ろう》と二人で奥の家で仲良く暮らしていた。

由松は見守り、怪しい者たちが現れるのを警戒した。

不忍池は初冬の風に揺れていた。

朝、上野元黒門町の小間物問屋『弁天屋』には、紅白粉や簪《かんざし》などの小間物を仕入れて行商に行く小間物屋たちが忙しく出入りしていた。

勇次と新八は、交代で見張りと聞き込みを続けた。

幸吉が訪れた。

「どうだ……」

幸吉は、勇次と新八に聞き込みの結果を尋ねた。

「遊び人、女《すけ》こまし、性悪、馬鹿旦那。宇之吉、誰に聞いても評判が悪いですよ」

新八は呆れた。

「やっぱりな……」

幸吉は苦笑した。

「今迄にも何人かの女に付き纏い、いろいろと揉め事を起こしていましたよ」

勇次は告げた。

「今迄、良く無事でしたよね」

新八は首を捻った。

「金だよ金。馬鹿親父の宇兵衛が、金を使って宇之吉の悪行を揉み消して来たんだよ。ねえ、親分……」

勇次は腹立たしさを露わにした。

「ああ。間違いない……」

幸吉は苦笑した。

「冗談じゃありませんぜ」

新八は、怒りを滲ませた。

「勇次、新八……」

幸吉は、勇次と新八を窓辺に呼んだ。

「はい……」

勇次と新八は、窓辺にいる幸吉の隣りに進み、斜向いの小間物問屋『弁天屋』を窺った。

小間物問屋『弁天屋』の母屋に続く木戸門の傍に宇之吉がいた。

「若旦那の宇之吉だ……」

幸吉は囁いた。

「はい……」

勇次と新八は、宇之吉を見詰めた。

宇之吉は、辺りを窺って下谷広小路に向かった。

「後を尾行ます」

「うん。新八、一緒に行きな」

「合点です」

勇次と新八は、菓子屋の二階から駆け下りて行った。

幸吉は、小間物問屋『弁天屋』の見張りに就いた。

宇之吉は、鼻歌混じりに下谷広小路の雑踏を進んだ。

勇次と新八は追った。

宇之吉は、下谷広小路を抜けて湯島天神裏門坂道に進んだ。そして、湯島天神男坂を上がった。

「湯島天神に御参りに行くのですかね」

新八は眉をひそめた。

「そんな信心深い野郎じゃあねえ」

勇次は苦笑した。

「じゃあ、湯島天神を裏から抜けて門前町の盛り場ですか……」

新八は読んだ。

「ま、そんな処だろうな」

勇次は頷いた。


勇次と新八が、宇之吉を追って行って僅かな時が過ぎた。

小間物問屋『弁天屋』から番頭が現れ、油断のない眼で辺りを窺った。

何だ……。

幸吉は見守った。

番頭は、辺りに不審な者がいないと見定め、『弁天屋』の店内を振り返った。

旦那の宇兵衛が、店内から出て来た。

宇兵衛が出掛ける……。

幸吉は、菓子屋の二階から駆け下りた。


小間物問屋『弁天屋』宇兵衛は、下谷広小路に出て三橋に向かった。

幸吉は追った。

宇兵衛は、三橋を渡って仁王門前町に向かった。

その先には、不忍池の中にある弁財天に行く道がある。その道に入らず、尚も進むと谷中に続く。

行き先は谷中か……。

幸吉はそう読んだ。

次の瞬間、宇兵衛は仁王門前町の外れにある料理屋『梅乃香《うめのか》』の木戸門を潜った。

宇兵衛は、下足番に迎えられて料理屋『梅乃香』に入って行った。

幸吉は、戸惑いながらも見届けた。

誰かと逢うのか……。

幸吉は、辺りを見廻して物陰に入った。

下谷広小路と谷中を結ぶ道には、多くの人が行き交っていた。

どうする……。

幸吉は、宇兵衛が誰と逢うのか見定める手立てを思案した。

下谷広小路から来る人の中に、着流しの侍がいた。

幸吉は咄嗟に隠れた。

見覚えがある……。

幸吉は、着流しの侍に見覚えがあった。

着流しの侍は、それとなく辺りを窺って料理屋『梅乃香』の木戸門を潜った。

まさか……。

小間物問屋『弁天屋』宇兵衛が料理屋『梅乃香』で逢う相手は、着流しの侍なのかもしれない。

幸吉は気が付いた。

着流しの侍は、北町奉行所定町廻り同心の寺田清之助《てらだせいのすけ》だった。

宇兵衛が料理屋『梅乃香』で逢うのは、寺田清之助なのか……。

寺田清之助は、既に料理屋『梅乃香』に入っていた。

見定める……。

幸吉は、料理屋『梅乃香』の木戸門を潜った。

「おう。邪魔するよ」

幸吉は、下足番に笑い掛けた。

「いらっしゃいませ……」

下足番は、にこやかに迎えた。

「今、北町奉行所の寺田の旦那がお見えになっただろう」

幸吉は、下足番に懐の十手を見せた。

「へ、へい……」

下足番は頷いた。

「小間物問屋弁天屋の宇兵衛旦那と逢っている筈なんだが、どんな様子かな……」

「さあ。変わった様子はないようですが……」

下足番は、戸惑いを浮かべた。

「そうかい。寺田の旦那と弁天屋の宇兵衛の旦那、仲良く酒を飲んでいるかい」

「ええ。いつも御贔屓《ごひいき》下さいまして……」

下足番は笑顔で頷いた。

宇兵衛と寺田清之助は、料理屋『梅乃香』で時々逢っているのだ。

「そうかい、いつも仲良く酒を飲んでいるか。じゃあな……」

幸吉は、料理屋『梅乃香』の木戸門を出た。

小間物問屋『弁天屋』宇兵衛は、北町奉行所定町廻り同心の寺田清之助と繫がっていた。

幸吉は見定めた。

宇兵衛に金を貰って若旦那の宇之吉の不始末を揉み消しているのは、北町奉行所定町廻り同心の寺田清之助なのだ。

だが、宇兵衛と寺田が逢っているのを見定めただけであり、金を貰って宇之吉の不始末を揉み消した確かな証拠はない。

確かな証拠は必ず摑む……。

幸吉は、料理屋『梅乃香』を見張った。


「何……」

北町奉行所定町廻り同心の寺田清之助は、口元に運んだ猪口を止めて宇兵衛を見詰めた。

「はい。南町奉行所の神崎和馬って定町廻り同心ですが、御存知ですか……」

宇兵衛は尋ねた。

「知っている……」

寺田は、緊張を浮かべた。

「どのような……」

宇兵衛は、寺田の緊張に戸惑った。

「宇兵衛、その同心、神崎和馬に間違いないのだな」

寺田は、緊張した面持ちで念を押した。

「は、はい……」

宇兵衛は戸惑った。

「宇兵衛、南町奉行所の秋山久蔵を知っているか……」

「え、ええ。剃刀久蔵と呼ばれている……」

「神崎和馬は、その剃刀久蔵の息の掛かった同心だ」

寺田は、腹立たしげに告げた。

「剃刀久蔵の息の掛かった同心……」

宇兵衛は驚き、微かな怯えを過ぎらせた。

「宇兵衛、まさか神崎和馬に金を渡そうとはしなかっただろうな……」

寺田は、宇兵衛を見据えた。

「えっ……」

宇兵衛は、言葉を飲んだ。

「金を渡したのか……」

「いえ……」

宇兵衛は狼狽えた。

「突き返されたのだな」

寺田は、宇兵衛の様子を読んだ。

「は、はい……」

宇兵衛は項垂れた。

「宇兵衛、下手な真似をしたな」

寺田は、宇兵衛を冷たく見据えた。

「寺田さま……」

宇兵衛は、嗄《しゃが》れ声を震わせた。

「宇兵衛、事が秋山久蔵に知れたら只では済まぬ。俺の事はもう忘れろ」

寺田は、猪口を膳に置いて立ち上がった。

「て、寺田さま……」

宇兵衛は焦り、寺田の前に平伏した。

「此の通りにございます。どうかお助けを……」

宇兵衛は頼んだ。

「此迄だ……」

寺田は、平伏して頼む宇兵衛を残して座敷から出て行った。

幸吉は眉をひそめた。

寺田清之助が、料理屋『梅乃香』から出て来た。

寺田が料理屋『梅乃香』に入り、未だ四半刻しか経っていない。

早い……。

何かあったのか……。

寺田は、腹立たしげな面持ちで下谷広小路に向かった。

どうする……。

幸吉は、寺田を追うか、引き続き宇兵衛を見張るか迷った。

だが、迷いは一瞬だった。

幸吉は、寺田清之助を追った。


湯島天神門前町の盛り場は、夜の商いの仕度を始めていた。

盛り場の外れにある飲み屋は、夜の仕度もせずに腰高障子を閉めていた。

勇次と新八は、斜向いの路地に潜んで飲み屋を見張っていた。

「出て来ませんね。宇之吉……」

新八は苛立った。

「ああ。何をしているのか……」

勇次は眉をひそめた。

「兄貴……」

新八は、盛り場の入口の方を示した。

饅頭笠に薄汚れた墨染の衣を着た托鉢坊主が、入口の方からやって来た。

「雲海坊さんですよ」

新八は、托鉢坊主の歩き方や身のこなしで雲海坊だと気が付いた。

「うん……」

雲海坊は、半端な博奕打ちの仙八を捜している筈だ。

勇次と新八は、雲海坊が来るのを待った。

雲海坊は経を呟き、饅頭笠の破れ目から辺りを窺いながらやって来た。

「雲海坊さん……」

勇次は、路地の前を通る雲海坊を呼んだ。

「おお……」

雲海坊は、勇次と新八に気が付いて路地に入って来た。

「何をしている」

「弁天屋の宇之吉が来ていましてね」

勇次は、斜向いの飲み屋を示した。

「じゃあ、あの店か……」

雲海坊は笑った。

「えっ、あの店がどうかしたのですか……」

勇次は戸惑った。

「うん。仙八、湯島天神門前の盛り場にある情婦《おんな》の店にいると聞いてね」

雲海坊は、仙八を捜してやって来たのだ。

「じゃあ、この飲み屋、仙八の情婦の店ですか……」

「きっとな……」

雲海坊は頷いた。

宇之吉は、仙八と打ち合わせをしに飲み屋に来ていたのだ。

「雲海坊さん、勇次の兄貴……」

新八が、盛り場の入口の方を示した。

派手な半纏を着た仙八が、二人の浪人と一緒にやって来た。

「仙八です……」

勇次は告げた。

「ああ……」

雲海坊は頷いた。

仙八と二人の浪人は、宇之吉の来ている飲み屋に入って行った。

雲海坊、勇次、新八は見送った。

「さあて、何を企んでいるのか……」

雲海坊は苦笑した。

僅かな刻が過ぎた。

飲み屋の腰高障子が開いた。

宇之吉が、仙八や二人の浪人と一緒に出て来た。

雲海坊、勇次、新八は見守った。

宇之吉は、仙八や二人の浪人と盛り場の入口に向かった。

「尾行ますぜ」

勇次は告げた。

「承知……」

雲海坊と新八は頷いた。

神田連雀町《れんじやくちょう》は、神田川に架かっている昌平橋を渡り、八ツ小路を抜けた処にあった。

北町奉行所定町廻り同心の寺田清之助は、仁王門前町の料理屋『梅乃香』を出て神田連雀町にやって来た。そして、裏通りにある板塀に囲まれた仕舞屋《しもたや》に入った。

幸吉は見届けた。

寺田の入った仕舞屋は誰の家なのか……。

幸吉は、仕舞屋を見張った。

僅かな刻が過ぎた。

尻端折《しりはしょ》りをした若い男が、仕舞屋から駆け出して行った。

亀吉《かめきち》……。

幸吉は、仕舞屋から駆け出して行った若い男が下っ引の亀吉だと気が付いた。

亀吉は、岡っ引の連雀町の紋蔵《もんぞう》の下っ引だった。

仕舞屋は、岡っ引の連雀町の紋蔵の家だった。

幸吉は、仕舞屋を見詰めた。

紋蔵に岡っ引の手札を渡しているのは、北町奉行所定町廻り同心の寺田清之助なのだ。

幸吉は読んだ。

寺田は何を企てているのか……。

幸吉は、仕舞屋を見守った。


入谷鬼子母神に人気はなかった。

宇之吉と仙八は、二人の浪人と一緒に鬼子母神の境内に入った。

勇次、新八、雲海坊は見守った。

仙八は、宇之吉を鬼子母神の境内に残し、二人の浪人と長兵衛長屋に向かった。

「仙八の野郎、お舞さんに何か仕掛ける気だ」

勇次は睨んだ。

「長兵衛長屋には由松がいる筈だ。下手な真似はさせねえだろうが、行ってみるんだな。宇之吉は引き受けたよ」

雲海坊は告げた。

「お願いします。新八……」

「合点だ」

勇次と新八は、仙八と二人の浪人を追った。

三

長兵衛長屋の井戸端には誰もいなかった。

仙八は二人の浪人と奥の家に進み、腰高障子を叩いた。

「はい。何方ですか……」

家の中からお舞の声がした。

「自身番の者です……」

仙八は、偽りを告げた。

「は、はい。只今……」

腰高障子を開け、お舞が顔を出した。

刹那、仙八がお舞の腕を摑まえて引き摺り出した。

「父上……」

お舞は抗った。

「どうした、舞……」

お舞の父親の三枝宗十郎が戸口に現れた。

二人の浪人は、三枝の前に素早く立ちはだかった。

「何だ、お前たちは……」

三枝は怒鳴った。

仙八は、お舞を無理矢理に連れ去ろうとした。

木戸の傍の家から由松が現れ、行く手を阻んだ。

「邪魔だ。退け」

仙八は怒鳴った。

刹那、由松は萬力鎖の分銅を放った。

分銅は、仙八の顔面に鋭く当たった。

仙八は、鼻血を飛ばして仰け反り倒れた。

由松は、素早くお舞を後ろ手に庇った。

二人の浪人は驚き、由松に駆け寄って刀を抜いた。

「やるか……」

由松は、薄笑いを浮かべて萬力鎖の分銅を廻した。

分銅が空を斬る音が不気味に鳴った。

二人の浪人は、僅かに怯んだ。

勇次と新八が駆け寄って来た。

「兄貴……」

勇次と新八は、由松に並んだ。

「こいつら、お舞さんを拐《かどわ》かそうとしたぜ」

由松は苦笑した。

「そうですかい。じゃあ、大人しく大番屋に来て貰うぜ」

勇次は十手、新八は鼻捻《はなねじ》を取り出して身構えた。

「お、おのれ……」

二人の浪人は、熱り立って由松、勇次、新八に斬り掛かった。

勇次と新八は、目潰しを投げ付けた。

目潰しは、二人の浪人の顔に当たって白い粉を撒き散らした。

二人の浪人は、激しく狼狽えた。

由松、勇次、新八は、無様に狼狽える二人の浪人に容赦なく襲い掛かった。

怒号と悲鳴があがり、血が飛び散った。

若旦那の宇之吉は、落ち着かない風情で長兵衛長屋の方を眺めていた。

「落ち着かないな……」

雲海坊は、饅頭笠をあげて宇之吉に声を掛けた。

「えっ……」

宇之吉は戸惑った。

「拐かし、上手くいかないよ」

雲海坊は笑った。

宇之吉は、慌てて逃げようとした。

雲海坊は、逃げようとした宇之吉の足に錫杖を素早く差し込んだ。

宇之吉は錫杖に足を取られ、前のめりに顔から倒れ込んだ。

雲海坊は、倒れた宇之吉の背を錫杖の先で押さえた。

宇之吉は、苦しく呻いた。

「弁天屋宇之吉、振られた娘にいつ迄も未練を持っちゃあ命取りだよ」

雲海坊は笑った。

岡っ引、連雀町の紋蔵の家の板塀の木戸が開いた。

幸吉は、物陰から見守った。

開いた木戸から、北町奉行所定町廻り同心の寺田清之助と連雀町の紋蔵が出て来た。

「ならば紋蔵、頼んだぞ……」

寺田は、紋蔵を見据えた。

「はい。お任せ下さい。じゃあ明日……」

紋蔵は、薄笑いを浮かべた。

「うむ……」

寺田は頷き、連雀町の裏通りから日本橋に続く大通りに向かった。

紋蔵に何事かを頼み、八丁堀の組屋敷に帰る……。

幸吉は読んだ。

紋蔵は、寺田を見送って仕舞屋に戻った。

幸吉は、寺田を追った。

勇次は、小間物問屋『弁天屋』の若旦那の宇之吉、仙八、二人の浪人を大番屋の仮牢に入れ、南町奉行所にいる久蔵の許に事の次第を報せに走った。

新八と雲海坊は、菓子屋の二階で小間物問屋『弁天屋』を見張っている親分の幸吉の許に急いだ。

由松は、引き続き長兵衛長屋に残ってお舞を見守る事にした。


親分の幸吉は、菓子屋の二階にいなかった。

新八と雲海坊は、菓子屋の二階の窓から斜向いの小間物問屋『弁天屋』の見張りに就いた。

小間物問屋『弁天屋』に変わった様子は窺われなかった。

「変わった様子はありませんね……」

新八は、安堵を過ぎらせた。

「新八、奥の路地にいる若い野郎、見覚えないか……」

雲海坊は、小間物問屋『弁天屋』の奥の路地を示した。

「奥の路地ですか……」

新八は、奥の路地にいる若い男に気が付いた。

「彼奴《あいつ》……」

新八は、戸惑いを浮かべた。

「やっぱり、見覚えあるか……」

「はい。彼奴は岡っ引の連雀町の紋蔵親分の下っ引の亀吉です」

新八は告げた。

「連雀町の紋蔵親分の下っ引ねえ……」

雲海坊は眉をひそめた。

「はい……」

新八は、亀吉を見守った。

亀吉は、小間物問屋『弁天屋』の様子を窺っていた。

「弁天屋を見張ってるようだな」

雲海坊は睨んだ。

「ええ……」

新八は眉をひそめた。

幸吉は、寺田清之助が八丁堀の組屋敷に帰ったのを見届け、南町奉行所を訪れた。

「北町奉行所の定町廻り同心の寺田清之助……」

久蔵は眉をひそめた。

「はい。弁天屋の宇兵衛と仁王門前町の料理屋で逢いました……」

幸吉は告げた。

「そうか。和馬、寺田清之助、どんな奴か知っているか……」

「はい。大名旗本や大店に出入りをして便宜を計っているとか、いろいろ噂のある奴です」

便宜を計る裏には、金の遣り取りが潜んでいるのに決まっている。

「そんな奴が宇兵衛と連んでいたか……」

久蔵は苦笑した。

「ええ。宇兵衛の奴、若旦那の宇之吉の悪行を寺田に金を渡して揉み消して貰っていたのでしょうな」

和馬は睨んだ。

「ああ。して柳橋の、寺田は宇兵衛と逢ってどうした」

「それが四半刻で料理屋から出て来ましてね」

「四半刻とは早いな……」

和馬は眉をひそめた。

「料理屋で酒や料理を楽しむ暇もないか……」

久蔵は笑った。

「はい……」

「狡猾な奴ら同士だ。遣り取りに酒は要らず、金があれば充分か。それとも、何か揉めて袂を分かったか……」

久蔵は読んだ。

「袂を分かった……」

和馬は戸惑った。

「ああ。今度の相手が同業の神崎和馬だと知ってな……」

「きっと。で、寺田は神田連雀町の岡っ引の紋蔵の家に行きましたよ」

幸吉は眉をひそめた。

「岡っ引の紋蔵……」

「はい。寺田の旦那、紋蔵と何か企んでいるかもしれません」

幸吉は読んだ。

「寺田と連雀町の紋蔵か……」

「はい……」

「秋山さま……」

庭先に小者がやって来た。

「何だ……」

「はい。柳橋の勇次さんがお目通りを……」

「直ぐに通せ」

「はい」

小者が去り、代わって勇次が庭先にやって来た。

「どうした勇次……」

幸吉が濡縁に降りた。

「こりゃあ親分。弁天屋の宇之吉、仙八や浪人共とお舞さんを拐かそうとしたので、雲海坊さん、由松の兄貴、新八とでお縄にして大番屋に叩き込みました」

勇次は報せた。

「秋山さま、和馬の旦那、お聞きの通りです」

「良くやった、勇次。和馬、大番屋に行って宇之吉を厳しく詮議し、寺田清之助との拘りを詳しく白状させろ」

久蔵は命じた。

「心得ました。では……」

和馬は、勇んで出て行った。

「柳橋の。寺田は連雀町の紋蔵に何かをさせようとしている。紋蔵から眼を離すな」

久蔵は指示した。

「承知しました。じゃあ……」

幸吉と勇次は立ち去った。

「寺田清之助と紋蔵か。弁天屋の宇之吉、思わぬ奴らを引き摺り出してくれたぜ」

久蔵は冷たく笑った。

神田連雀町の紋蔵の家は静かだった。

紋蔵は、若い妾と飯炊きの婆さんの三人暮らしだ。

幸吉は、勇次に紋蔵の家を見張らせて上野元黒門町に戻った。

幸吉は、上野元黒門町の菓子屋の二階に上がった。

菓子屋の二階では、雲海坊と新八が小間物問屋『弁天屋』を見張っていた。

「親分……」

雲海坊と新八は迎えた。

「ああ。話は勇次に聞いた。それでな……」

幸吉は、一件に北町奉行所の定町廻り同心の寺田清之助と岡っ引の連雀町の紋蔵が絡んでいる事を教えた。

「そうでしたか……」

雲海坊は笑った。

「どうかしたのか……」

「ええ。紋蔵の下っ引の亀吉が弁天屋を見張っていましてね」

雲海坊は、小間物問屋『弁天屋』の奥の路地にいる亀吉を示した。

「此処に来ていたのか……」

幸吉は、亀吉が連雀町の紋蔵の家から走り出て行ったのを思い出した。

「弁天屋を見張って、何を企んでいるのか……」

雲海坊は笑った。

「うむ。寺田清之助、弁天屋の宇兵衛に金を貰って宇之吉の悪行を揉み消していた事実を、和馬の旦那に気付かれるのを恐れているんだぜ……」

幸吉は読んだ。

「だとしたら親分、寺田の野郎、宇兵衛が和馬の旦那に自分を売るんじゃあないかと心配で、紋蔵に見張らせているんじゃあないですかね」

雲海坊は読んだ。

「ああ、そうかもしれないな……」

幸吉は頷いた。

「で、親分。紋蔵は……」

新八は尋ねた。

「うん。勇次が見張っている。新八、お前も行ってくれ」

「はい……」

新八は頷いた。

「雲海坊、清吉を寄越す、此のまま弁天屋を見張ってくれ」

「承知……」

雲海坊は頷いた。

不忍池は夕暮れに覆われた。

大番屋の詮議場は冷え込み、薄暗さの中に血の臭いが微かに漂っていた。

隅に置かれた刺股《さすまた》、袖搦《そでがらみ》、突棒《つくぼう》の三ツ道具や石抱きなどの責道具は、壁の掛け行燈の火に不気味に照らされていた。

小間物問屋『弁天屋』の宇之吉は、冷たい土間に敷かれた筵《むしろ》の上に引き据えられた。

座敷に現れた和馬は、框に腰掛けて宇之吉を見下ろした。

宇之吉は、筵の上で不貞腐《ふてくさ》れていた。

「弁天屋の宇之吉だな……」

「ええ……」

宇之吉は、和馬を腹立たしげに一瞥した。

「三枝舞を拐かそうとしたそうだな」

和馬は、宇之吉を見据えた。

「知りませんよ。俺は入谷の鬼子母神にいただけで、何も知りませんよ……」

宇之吉は惚《とぼ》けた。

「そうか、知らないか……」

「ああ……」

宇之吉は、薄笑いを浮かべて頷いた。

「宇之吉、幾ら惚けても北町奉行所の寺田清之助は助けに来ないぜ」

和馬は告げた。

「えっ……」

宇之吉は戸惑った。

「宇之吉、寺田清之助が宇兵衛に金を貰ってお前の悪事を揉み消して来たのは、もう露見しているんだぜ」

「そ、そんな……」

宇之吉は焦った。

「宇之吉、今や寺田は己の身を護るので精一杯だ。お前のような馬鹿を護る暇はない」

和馬は嘲笑した。

宇之吉は、恐怖に震え始めた。

「宇之吉、弁天屋と寺田清之助との拘り、何もかも正直に話すんだな」

「お、お役人さま……」

宇之吉は、嗄れ声を激しく震わせた。

「嫌なら、石を抱いて貰っても良いんだぜ」

和馬は、楽しげに笑った。

宇之吉は、泣き出しそうな顔で項垂れた。

和馬の笑い声は、薄暗く冷たい詮議場に不気味に響いた。


元黒門町の小間物問屋『弁天屋』は、いつも通りの朝を迎えていた。

手代や小僧は、店内や表の掃除をして商品を並べた。そして、行商の小間物屋たちが商品を仕入れ、出掛けて行った。

雲海坊と清吉は、菓子屋の二階から見張った。

紋蔵の下っ引の亀吉は、夜更けに見張りを解いて帰っていた。

「連雀町の紋蔵、何をする気なんですかね」

清吉は、窓から『弁天屋』を眺めていた。

「ま、陸な事を企んじゃあいないだろうな」

雲海坊は、茶を淹れて飲んだ。

連雀町の紋蔵の家の木戸が開いた。

勇次と新八は、物陰に身を隠した。

岡っ引の紋蔵が、下っ引の亀吉を従えて木戸から出て来て神田八ッ小路に向かった。

勇次と新八は追った。

神田八ッ小路は多くの人が行き交っていた。

紋蔵と亀吉は、八ッ小路を抜けて神田川に架かっている昌平橋に進んだ。そして、昌平橋を渡って明神下の通りを不忍池に向かった。

「元黒門町の弁天屋に行くんですかね」

新八は、先を行く紋蔵と亀吉の後ろ姿を見詰めた。

「かもしれないな……」

勇次は頷いた。

紋蔵と亀吉は、明神下の通りから下谷広小路に進んだ。

上野元黒門町は下谷広小路に面している。

紋蔵と亀吉は、下谷広小路の人通りを抜けて上野元黒門町に向かった。

「やっぱり弁天屋ですね」

新八は睨んだ。

「ああ。何をする気かな……」

勇次は、微かな緊張を覚えた。

四

「雲海坊さん……」

窓辺にいた清吉は、居眠りをしていた雲海坊を呼んだ。

「おう。どうした……」

雲海坊は、窓辺にいる清吉に並んだ。

「連雀町の紋蔵親分と下っ引の亀吉が来ましたよ」

清吉は、やって来る紋蔵と亀吉を示した。

「来たか……」

雲海坊は薄笑いを浮かべ、やって来る紋蔵と亀吉を見た。

紋蔵と亀吉の背後には、尾行て来る勇次と新八の姿が見えた。

「行くぞ、清吉……」

雲海坊は、清吉を連れて菓子屋の二階を下りた。

小間物問屋『弁天屋』は、番頭や手代が客の相手をしていた。

紋蔵と亀吉は、『弁天屋』の暖簾を潜った。

勇次と新八は見届けた。

「勇次、新八……」

雲海坊と清吉がやって来た。

「雲海坊さん……」

勇次と新八は、雲海坊と清吉と合流した。

「紋蔵の野郎、何をする気だ」

雲海坊は、『弁天屋』を一瞥した。

「さあ。何をする気か分かりませんが、北町奉行所の寺田の旦那と打ち合わせをしての事に間違いありませんぜ」

勇次は、厳しい面持ちで『弁天屋』を見据えた。

紋蔵と亀吉が、宇兵衛を伴って『弁天屋』から出て来た。

勇次、雲海坊、新八、清吉は、素早く物陰に隠れた。

紋蔵と亀吉は、宇兵衛を促して下谷広小路に向かった。

勇次、雲海坊、新八、清吉は追った。


紋蔵と亀吉は、宇兵衛を連れて下谷広小路を抜けて谷中に向かった。

「谷中か……」

雲海坊は、紋蔵たちの行き先を読んだ。

「新八、親分に報せろ」

「はい……」

「谷中の何処に行くのか分かったら、天王寺の前に清吉を待たせておく」

「承知……」

新八は、猛然と走り去った。

勇次、雲海坊、清吉は、谷中に向かう紋蔵、亀吉、宇兵衛を追った。

谷中に入った紋蔵、亀吉、宇兵衛は、天王寺門前から千駄木《せんだぎ》に向かった。

勇次、雲海坊、清吉は尾行た。

柳橋の船宿『笹舟』は船遊びの客も減り、船頭たちが船の手入れに精を出していた。

神田川沿いを走って来た新八は、船宿『笹舟』に駆け込んだ。

新八は店土間の框に腰掛け、女将のお糸の出してくれた湯呑茶碗の水を喉を鳴らして飲み干した。

「大丈夫かい……」

お糸は心配した。

「はい……」

新八は頷いた。

「どうした、新八……」

幸吉と和馬が奥から出て来た。

「はい。連雀町の紋蔵と亀吉が弁天屋の宇兵衛を連れ出しました」

新八は報せた。

「紋蔵が宇兵衛を……」

幸吉は眉をひそめた。

「はい……」

「で、何処に……」

「谷中に……」

「和馬の旦那……」

「おそらく寺田の企みだ。行こう……」

和馬は睨んだ。

「ええ……」

幸吉、和馬、新八は、お糸に見送られて船宿『笹舟』を出て谷中に急いだ。

千駄木の田畑には木枯しが吹き抜け、黄色い土煙を巻き上げていた。

紋蔵、亀吉、宇兵衛は、団子坂の途中の田舎道を北に曲がった。

「何処迄行くんですかね」

勇次は眉をひそめた。

「此のまま畑の中をいけば隅田川か……」

雲海坊は、古びた饅頭笠をあげて田舎道を行く紋蔵、亀吉、宇兵衛を眺めた。

「ええ……」

冬枯れの田畑の奥には幾つかの寺が点在し、背後には鈍色の隅田川が流れていた。

「まさか……」

雲海坊は呟いた。

「雲海坊さん……」

勇次は戸惑った。

「勇次、ひょっとしたら紋蔵の野郎、宇兵衛の口を封じようとしているのかもな」

「えっ……」

雲海坊は読んだ。

勇次は驚いた。

「勿論、寺田の野郎の指図だろうがな」

雲海坊は苦笑した。

「雲海坊さん、勇次の兄貴……」

清吉は、冬枯れの畑の向こうに見える小さな古寺を示した。

紋蔵と亀吉は、宇兵衛を促して小さな古寺に入って行った。

勇次、雲海坊、清吉は見届けた。

「よし。清吉、天王寺の前に行き、親分と新八が来たら此処に案内して来い」

「合点です。じゃあ……」

清吉は、田舎道を駆け去った。

「じゃあ、雲海坊さん……」

「ああ……」

勇次と雲海坊は、田舎道を進んで小さな古寺に忍び寄った。

冷たい風が吹き抜け、田畑から土煙が舞い上がった。


非番の北町奉行所は表門を閉め、同心たちは脇の潜り戸から出入りしていた。

定町廻り同心の寺田清之助は、潜り戸を出て外濠に架かっている呉服橋御門に向かった。

呉服橋御門の袂にいた塗笠に着流しの武士が、寺田に続いた。

久蔵だった。

寺田は、外濠沿いを神田堀に架かっている竜閑橋《りゅうかんばし》に向かった。

久蔵は追った。


千駄木の小さな古寺は、境内の掃除も満足にされておらず荒れていた。

勇次と雲海坊は境内に入り、伸び放題の植込みに隠れて辺りを窺った。

「無住の寺ですかね」

「いや。住職が酒と女に現《うつつ》を抜かして檀家《だんか》に愛想尽かしされた寺があると聞いた。そんな寺かもしれない」

雲海坊は読んだ。

境内の奥の庫裏《くり》の腰高障子が開いた。

勇次と雲海坊は、身を潜めて見詰めた。

髪と無精髭を伸ばした坊主が現れ、酔っているのか覚束ない足取りで寺から出て行った。

「雲海坊さん……」

「ああ。紋蔵に金を握らされて酒でも飲みに行ったのだろう」

雲海坊は読んだ。

「じゃあ……」

勇次と雲海坊は、庫裏に忍び寄った。

勇次は、庫裏の壁際に樽を伏せて置いて上がり、格子の入った窓を覗いた。

庫裏の囲炉裏《いろり》の傍には紋蔵と宇兵衛がおり、戸口に亀吉が佇んでいた。

勇次は覗き続けた。


「で、紋蔵の親分、寺田の旦那も此処《ここ》に来るんだね」

宇兵衛は、怯えた面持ちで紋蔵に尋ねた。

「ええ。寺田の旦那も心配し、南町奉行所にいろいろ探りを入れて、相手の出方を窺っていましてね。人目に付かない此処に案内しろとね……」

紋蔵は、囲炉裏に薪《まき》を焼《く》べながら笑った。

「そうですか……」

宇兵衛は、落ち着かない風情で庫裏を見廻した。

「処で旦那、若旦那はどうしていますか……」

紋蔵は尋ねた。

「昨日、知らぬ内に出掛けてね。馴染の女郎の処にでも居続けているんだろう。まったく自分の為出《しで》かした事で親が苦労をしているって云うのに……」

宇兵衛は、苛立ちを浮かべた。

「旦那、若旦那を少し大人しくさせた方が良いですぜ」

紋蔵は眉をひそめた。

「ああ……」

宇兵衛は頷いた。

「それにしても旦那、今度ばかりは相手が悪かったですね」

紋蔵は苦笑した。

「ああ。神崎和馬が剃刀久蔵の配下だとは思いもしませんでしたよ」

宇兵衛は、肩を落として吐息を洩らした。

囲炉裏の火は燃えた。

勇次は樽から下り、植込みの陰にいる雲海坊の許に潜んだ。

「紋蔵と亀吉、宇兵衛の三人だけですが、寺田の野郎も来るそうです」

「寺田も来るか……」

雲海坊は眉をひそめた。

「ええ。奴らはあっしが見張ります。雲海坊さんは、外で親分と新八を待って下さい」

勇次は頼んだ。

「分かった。気を付けてな……」

「はい……」

雲海坊は、勇次を残して境内から出て行った。

勇次は、植込みの陰から庫裏を見張った。

谷中天王寺門前は参拝客で賑わっていた。

清吉は門前に佇み、親分の幸吉と新八が来るのを待っていた。

僅かな刻が過ぎ、新八が幸吉や和馬と一緒にやって来た。

「清吉……」

「親分、神崎の旦那……」

清吉は迎えた。

「で、何処だ……」

「はい。千駄木の畑の奥の古寺です」

清吉は告げた。

「よし。案内しろ……」

「はい……」

清吉は、幸吉、和馬、新八を誘って千駄木に急いだ。

北町奉行所定町廻り同心の寺田清之助は、下谷から谷中に向かった。

久蔵は尾行た。

千駄木の小さな古寺は、吹き抜ける冷たい風に晒《さら》されていた。

雲海坊は、幸吉、新八、清吉、和馬を迎えた。

「どうだ……」

「紋蔵の奴、住職を追い出し、宇兵衛と亀吉の三人で寺田の来るのを待っています」

雲海坊は告げた。

「寺田が来るのか……」

和馬は眉をひそめた。

「はい……」

雲海坊は頷いた。

「紋蔵が宇兵衛をこんな処に連れて来たのは、寺田の指図か……」

和馬は読んだ。

「きっと……」

雲海坊は頷いた。

「寺田の旦那、何を企んでいるのですかね」

幸吉は眉をひそめた。

「ひょっとしたら、ひょっとするか……」

和馬は、厳しさを過ぎらせた。

「ま、そんな処かもしれませんね」

雲海坊は苦笑した。

「で、雲海坊、勇次は……」

「境内で紋蔵や宇兵衛のいる庫裏を見張っていますぜ」

「よし。新八、勇次に俺たちが来た事を報せるんだ」

「はい。じゃあ……」

新八は、小さな古寺の境内に忍び込んで行った。

「雲海坊、清吉を連れて裏に廻ってくれ」

「承知。行くよ、清吉……」

「はい……」

雲海坊と清吉は、小さな古寺の土塀沿いを裏手に廻って行った。

幸吉は見送った。

「寺田の奴、宇兵衛の口を封じるつもりかな」

和馬は、小さな古寺を眺めた。

「ええ。宇兵衛がいなくなれば、金を貰って宇之吉の悪行を揉み消していた事実は、只の噂でしかなくなりますからね」

幸吉は読んだ。

「うむ。おそらくそんな処だな……」

和馬は、幸吉の読みに頷いた。

冬枯れの田畑に土煙が巻き上がった。

寺田清之助は、谷中から千駄木に向かった。

久蔵は、塗笠を目深に被って寺田を追っていた。

千駄木に広がる田畑には、幾つもの土煙が舞い上がっていた。

寺田は、吹き抜ける風に足取りを速め、団子坂の途中の田舎道を北に曲がった。

行き先は近い……。

久蔵は睨み、不敵な笑みを浮かべた。

和馬と幸吉は、木立の陰から小さな古寺を見守っていた。

「和馬の旦那……」

幸吉は、団子坂からの田舎道を示した。

寺田清之助がやって来た。

「寺田だ……」

和馬は見定めた。

「ええ……」

幸吉は頷いた。

寺田は、田舎道を進んで小さな古寺に入って行った。

和馬と幸吉は見届けた。

「さあて、何が起こるか……」

和馬と幸吉は、小さな古寺に向かった。

勇次と新八は、植込みの陰に隠れた。

寺田が境内に入って来た。

勇次と新八は見守った。

寺田は境内を進み、庫裏の腰高障子を小さく叩いた。

「俺だ……」

亀吉が腰高障子を開けた。

寺田は、庫裏に入った。

亀吉は、辺りを窺って腰高障子を閉めた。

「兄貴……」

「ああ……」

勇次と新八は、植込みの陰を出た。

「勇次、新八……」

幸吉と和馬がやって来た。

「寺田は……」

「庫裏に入りました」

勇次は、庫裏を示した。


「それで寺田さま、手前は何をすれば宜しいのですか……」

宇兵衛は、寺田に縋る眼を向けた。

「うむ。宇之吉と弁天屋が可愛ければ、さっさとあの世に行くのだな」

寺田は嘲笑を浮かべた。

「て、寺田さま……」

宇兵衛は、顔色を変えた。

「宇兵衛、死んで貰う」

寺田は刀を抜いた。

刹那、腰高障子を蹴破って勇次と新八が飛び込んで来た。

寺田、紋蔵、亀吉は驚き、怯んだ。

勇次と新八は、素早く宇兵衛を捕まえて外に引き摺り出した。

「待て……」

寺田、紋蔵、亀吉は、慌てて追い掛けようとした。

和馬と幸吉が立ち塞がった。

「寺田清之助、汚い真似も此迄だ」

和馬は怒鳴った。

「おのれ、神崎……」

寺田は、紋蔵と亀吉を和馬たちに向かって突き飛ばし、身を翻した。

和馬と幸吉は、紋蔵と亀吉と揉み合った。

寺田は、裏に逃げようとした。

雲海坊と清吉が裏から入って来た。

寺田は、廊下を本堂に逃げた。

和馬と幸吉は、紋蔵と亀吉を叩きのめした。

「待て、寺田……」

和馬は、寺田を追った。

「雲海坊、清吉……」

幸吉は、雲海坊と清吉を呼んだ。

「幸吉っつぁん……」

雲海坊と清吉が駆け寄って来た。

「紋蔵と亀吉を頼む」

幸吉は、雲海坊と清吉に紋蔵と亀吉を預け、寺田と和馬を追った。

雲海坊と清吉は、必死に逃げようとする紋蔵と亀吉を容赦なく打ち据えた。


寺田は、本堂に逃げ込んだ。

和馬は追った。

寺田は、本堂を駆け抜けて折戸を開けて回廊に出た。そして、階《きざはし》を下りようとして足を止めた。

階の下の境内には、塗笠を被り着流しの久蔵が佇んでいた。

寺田は身構えた。

「秋山さま……」

和馬が、折戸の傍に現れた。

「あ、秋山……」

寺田は驚き、顔を醜《みにく》く歪めた。

久蔵は、塗笠を取った。

「お前が北町奉行所の寺田清之助かい……」

久蔵は、寺田に笑い掛けた。

冷徹な笑みだった。

寺田は怯んだ。

「金を貰って悪事を揉み消し、見逃す。町奉行所に泥を塗ってくれたな」

久蔵は、寺田を見据えた。

刹那、寺田は刀を構えて階を飛び、久蔵に斬り掛かった。

久蔵は、抜き打ちの一刀を横薙ぎに放った。

輝きが走った。

寺田の刀は、甲高い音をあげて鉛色の空に飛んだ。

寺田は立ち竦んだ。

「和馬……」

久蔵は、刀を鞘に納めた。

「はい……」

和馬は、呆然と立ち竦んでいる寺田の腕を取って跪《ひざまず》かせようとした。

「や、止めろ……」

寺田は抗った。

「黙れ、同心の面汚し……」

和馬は、寺田を十手で殴り飛ばした。

寺田は、地面に倒れて唇から血を滴らせた。

幸吉と勇次が現れ、倒れている寺田に素早く縄を打った。

木枯しが吹き抜け、手入れのされていない庭木の枝が音を鳴らした。


小間物問屋『弁天屋』の宇兵衛は、北町奉行所定町廻り同心寺田清之助に金を渡して倅宇之吉の悪行を揉み消し、見逃して貰っていた事を自供した。

寺田清之助は、同心を御役御免となり切腹を命じられた。

岡っ引の紋蔵と下っ引の亀吉は、遠島の刑に処せられた。

小間物問屋『弁天屋』は闕所《けっしょ》となり、宇之吉は三枝舞を拐かそうとした罪で牢屋敷の牢に繋がれた。そして、父親の宇兵衛は追放の刑とされた。

宇之吉の未練から始まった一件は、面汚しの寺田清之助で終わった。

面汚し……。

和馬は、同じ同心の悪事に苦い思いを嚙み締め、幸吉や勇次と市中見廻りに出掛けた。

久蔵は見送り、空を見上げた。

空は鉛色に沈んでいた。

江戸の町は、間もなく冬に覆われる。

そして、冬もいつかは春になる……。

久蔵は微笑んだ。

文春文庫

裏《うら》切《ぎ》り

新《しん》・秋山《あきやま》久蔵《きゅうぞう》御用《ごよう》控《ひかえ》（三）

定価はカバーに
表示してあります

2018年12月10日　第1刷

著　者　藤《ふじ》井《い》邦《くに》夫《お》

発行者　花田朋子
発行所　株式会社　文藝春秋

東京都千代田区紀尾井町 3-23　〒102-8008
TEL　03・3265・1211(代)
文藝春秋ホームページ　http://www.bunshun.co.jp

落丁、乱丁本は、お手数ですが小社製作部宛お送り下さい。送料小社負担でお取替致します。

印刷製本・大日本印刷
Printed in Japan
ISBN978-4-16-791193-5